Doris Lessing
Ben, in the World

浮世畸零人

Ben, in the World

[英]多丽丝·莱辛 著
Doris Lessing

朱恩伶 译

南京大学出版社

图书在版编目(CIP)数据

浮世畸零人 /(英)莱辛(Lessing, D.)著;朱恩伶译.—南京:南京大学出版社,2008.4
(精典文库.莱辛作品)
ISBN 978-7-305-05374-0

Ⅰ.浮… Ⅱ.①莱… ②朱… Ⅲ.长篇小说—英国—现代 Ⅳ.I561.45

中国版本图书馆 CIP 数据核字(2008)第 037516 号

BEN, IN THE WORLD by DORIS LESSING
Copyright: © 2000 BY DORIS LESSING
This edition arranged with JONATHAN CLOWES LIMITED
through BIG APPLE TUTTLE-MORI AGENCY, LABUAN, MALAYSIA.
Simplified Chinese edition copyright:
2007 NANJING UNIVERSITY PRESS
All rights reserved.
江苏省版权局著作权合同登记号:图字:10-2007-312 号

出版者	南京大学出版社	
社 址	南京市汉口路 22 号	邮编 210093
网 址	http://press.nju.edu.cn	
出版人	左 健	
丛书名	精典文库·莱辛作品	
书 名	**浮世畸零人**	
著 者	(英)多丽丝·莱辛	
译 者	(台)朱恩伶	
责任编辑	蔚 蓝	
照 排	南京玄武湖印刷照排中心	
印 刷	南京通达彩色印刷有限公司	
开 本	787×1 092 1/32 印张 8 字数 110 千字	
版 次	2008 年 4 月第 1 版 2008 年 4 月第 1 次印刷	
ISBN	978-7-305-05374-0	
定 价	22.00 元	
发行热线	025-83594756	
电子邮箱	sales@press.nju.edu.cn(销售部)	
	nupress1@public1.ptt.js.cn	

* 版权所有,侵权必究
* 凡购买南大版图书,如有印装质量问题,请与所购图书销售部门联系调换

远离诺贝尔奖的人们

——多丽丝·莱辛诺贝尔文学奖受奖辞

2007年12月7日

张子清 译

我站在门口望着满天滚滚的沙尘暴,我被告知说,那里依然有没被砍伐的森林。昨天我驱车数英里,穿越被大火燃烧过的树桩和灰烬。1956年,那里有着我所看到的最美的森林,如今全被毁灭。人们得吃饭呀,要有燃料呀。

20世纪80年代早期,在津巴布韦西北部,我访问过曾在伦敦教书的一位教师。他在这里如同我们所说的"帮助非洲"。他是一个比较有理想的人,在此地学校的所见使他震惊得患了抑郁症,难以恢复过来。这所学校像其他的学校一样,是在独立后建立起来的。一排四间砖砌的大教室,直接砌在沙泥上,一、二、三、四,顶头的半间是图书馆。教室里有黑板,我的朋友把粉笔放在衣袋里,否则便被偷走了。学校里没有地图或地球仪,没有教科书,没有练习簿,没有圆珠笔。图书馆里没有小学生爱读的图书,只有从美国大学运来的大本子书籍,很难翻阅,是些从白人图书馆里剔除出来的处理书籍:一本本侦探小说,《巴黎周末》、《运气找到了爱》之类的书。

一只山羊在枯草里觅食。校长贪污该校基金,被停职。我的朋友没有钱,他的薪金一拿到手,教师和学生们就向他借钱,可能就再也不还了。这里小学生的年龄从6岁到26岁,年龄大的学生小时候失学,到这里补课。每天早晨,一些学生不论下雨还是晴天,要跨越河川,步行许多英里来到这里。村子里不通电,他们晚上不能凭燃烧干柴的火光做家庭作业。女孩子上学前和放学后得去取水做早餐和晚餐。

我坐在我朋友的屋里时,大伙儿害羞不进来,他们都向我要书。"你回到伦敦后,请给我们寄书呀,"一个小伙子说道,"他们教我们念书,我们却没书可读。"我遇到的所有人都向我要书。

我在那里住了几天。风沙阵阵。水泵坏了,女人们必须去河里取水。另一个从英国来的理想主义的教师看到这所"学校"的状况后,身感不适,病了。

学期结束的那天,他们宰了那只山羊,剁成小块,放在一只大马口铁器皿里煮。这是可以预料的学期结束时的盛宴:煮山羊和粥。在他们的盛宴进行中,我驾车穿越森林燃烧后的灰烬和树桩返回。

我不认为这所学校的许多学生会获奖。

第二天,我去伦敦北部的一所学校作演讲。这是一所很好的男生学校,有着美丽的楼房和美丽的花园。孩子们每周可以见到名人来访,这些名人可能是他们的父亲、亲戚,甚至是母亲。名人来访对他们来说司空见惯。

当我给他们演讲时,我想起了津巴布韦西北部风沙之中的学校。我看着在我面前的一张张略显期待的英国小孩的面孔,试图告诉他们我在上周所见到的情况。教室里没有书籍,没有课本,没有地图册,甚至连贴在墙上的地图也没有。那里学校的教师请我寄给他们如何进行教学的书本,他们自己才十八九岁。我告诉这些英国孩子关于非洲孩子讨书的情况:"请给我们寄些书吧。"但是,他们想象不到我告诉他们的这些情景：一座笼罩在风沙里的学校，那里缺水，那里学期结束时的盛宴是在大锅里煮一只刚宰杀的山羊。

让这些享受特权的学生们想象如此赤贫的景象真的如此不可能吗？

我尽力给他们解释。他们彬彬有礼。

我可以肯定的是，他们之中的一些人有朝一日会获奖。

我在演讲结束之后，向该校教师询问有关图书馆和小学生读书的情况。在这所特权阶级的学校里，我听到我在这类学校、甚至大学里经常听到的情况。一个教师说："这情况你是知道的，许多孩子从不借书阅读，图书馆里的图书只有一半的使用率。"

是的，我们知道这情况，大家都知道。

我们处在支离破碎的文化中。几十年前，我们的确信受到质疑，受过多年教育的青年男女不了解世界，不读书，只知道一些专业知识，例如计算机，是通常的现象。

对我们产生了重大影响的是电脑、互联网和电视这些令人惊异的发明。它是一场革命。这不是人类已经对付的第一场革命。印刷革命的发生不是经过几十年，而是花了很长的时间，它改变了我们的思想和思维方式。孤注一掷地,我们接受了它,像接受其他的事情一样,我们从没有问:"这个印刷术的发明将给我们带来什么影响?"同样,我们从没有想去问:"互联网将会怎样改变我们的生活,改变我们的思维方式?它以其种种虚幻诱惑了整整一代人,甚至十分理智的人都会承认,他们一旦上钩,就很难摆脱,甚至会全天耗在博客之类的玩意儿上。"

就在新近,任何哪怕稍微受过教育的人都会尊重学问、教育和我们伟大的文学宝库。当然,我们都知道,当我们处于这种令人高兴的状况时,人们往往会装着阅读书本,会装着尊重学问。但是,没有记录显示劳工男女渴求书籍,这从建立的工人图书馆、学术机构和18世纪、19世纪的大学那里可以得到证明。阅读,书籍,通常是普及教育的一部分。同年轻人谈话的年长者必须了解读书教育的情况,因为年轻人的知识太少太少。

我们都知道这糟透了的真相。但是我们不知道其结果。我们想起古老的格言:"读书使人充实"——读书使男女掌握信息、历史和各种各样的知识。

前不久,一位在津巴布韦的朋友告诉我说,一个村子里的人有三天没有食物吃了,但是他们依然谈论书籍和如何得到书籍,谈论教育。

我属于一个组织,它起始于把书籍送到非洲村庄里去的想法。还有一批人,通过另外的关系,亲自深入到津巴布韦的底层。他们告诉我说,那些村子不像报道的那样,而是住了许多聪明的人:退休教师、度假的教师、假期里的孩子、年龄大的人。我自费去津巴布韦作了一个小小的调查,发现津巴布韦人想要读书,我的调查结果和一个瑞典人调查的结果一样,这个瑞典人我不认识。非洲人想要阅读欧洲人想阅读的同类书:各种小说、科幻小说、诗歌、侦探小说、戏剧和诸如如何开银行账号之类的导读书籍。他们也想要阅读莎士比亚全集。这些村民们在找书上的问题是,他们不知道有什么样的书,所以要有现成的书在那里,例如托马斯·哈代的《卡斯特桥市长》碰巧在那里,就很流行。乔治·奥威尔的《动物农场》出于明显的原因是最流行的一本小说。

我们的组织起初得到挪威的帮助,然后又得到瑞典的帮助。没有这类的支持,我们的图书供应就会枯竭。我们从我们可以得到书的任何地方收集到书。请记住:英国的一本好平装书在津巴布韦就要花上一个月的工资,那还是在穆加贝统治之前的情况。如今通货膨胀,它要花几年的工资。我可以告诉你的是,把一箱书运到村子里去时,村民们高兴得淌出眼泪,请记住那里的汽油奇缺。那里的图书馆也许是在一棵树下搭在砖头上的一块木板。在一个偏僻的村子里,一个星期之内就会出现知识阶级,懂读书的人教那些不懂读书的人——平民阶级。那里没有用汤加语写的小说,于是有几个小伙子坐下来用汤加语创作。在津巴布韦,大约有六种主要的语言,他们用这六种语言创作小说,内容有暴力、乱伦、犯罪、谋杀。

常言道:人民拥护值得拥护的政府,但是我不认为这符合津巴布韦的情况。我们必须记住,这种尊重和渴求书籍并不起始于穆加贝政权,而是起始于这个政权之前的白人政权。这种对书籍的渴求是一个令人惊讶的现象,从肯尼亚到好望角处处都能看到。

这真难以置信:我在草屋顶泥土墙的屋子里长大。这类房屋总是在有芦苇或草、合适的泥巴、支墙的竿子的地方建造,例如在撒克逊人的英格兰。我从小就住的草屋有平排四间房,房间里放满了书。我的父母不仅把书从英国带到非洲,我的母亲还为她的小孩从英国订购书。运来的一大包一大包书是用棕色牛皮纸打包的。这些书是我年轻时的欢乐。泥草屋,但堆满了书。

甚至现在,我还接到一个村子里的一些人寄来的一封封信,这个村子可能没有通电或自来水,他们的住房就好像我们以前住家的长排泥草屋。"我也要成为作家,"他们说,"因为我有你从前住的那种屋子。"

但是,困难在于创作。作家,并不来自没有书籍的屋子。

我在阅读一些近年获诺贝尔文学奖得主的受奖辞。以去年获奖的得主——健美的奥尔罕·帕慕克为例。他说,他的父亲有500本书。他的天才不是凭空得来的,他与伟大的传统联系在一起。再以 V. S. 奈保尔为例。他提到印度的吠陀深刻印在他家庭的记忆里。他的父亲鼓励他创作。他到了英国后,常常到英国图书馆看书。因此,他紧连传统。让我们再看看约翰·马克斯韦尔·库切。他不但与传统紧密相连,而且他本人就是传统:他在开普敦教授文学。我为从没有听过他的课、没有被他那豪迈英勇的思想熏陶而深感遗憾。为了创作,为了文学创造,就必须与图书馆、与书籍、与传统紧密相连。

我有一个从津巴布韦来的黑人作家朋友。他从果酱罐头商标和水果罐头商标上自学认字。他在我曾驱车路过的黑人居住的农村长大。沿路是粗糙的沙石和稀疏的矮小灌木。泥草屋很简陋，不像家境殷实人家建造的精良的屋子。没有正规的学校，只有一所我已经描述的那种学校。他从垃圾堆上捡到一本被丢弃的儿童百科全书，用这本书自学。

1980年独立节，有一群津巴布韦的优秀作家，真正是一窝歌唱的鸟儿。他们在老南罗得西亚白人教会学校接受的教育。教会学校是比较好的学校。作家不是在津巴布韦造就的，不是轻易造就的，不是在穆加贝统治之下造就的。

所有的作家都是经过了艰难的路程才识字的，更不必说成为作家。我要说的是，从果酱罐头商标和被丢弃的百科全书上学习阅读并非罕见。我们在谈论一些人，他们渴求超越他们的教育标准，生活在泥草屋里，有许多孩子，有过度劳累的母亲，为衣食而奋斗。

然而，尽管有这些困难，作家还是被造就了。我们也应当记住，这是津巴布韦，不到一百年之前被征服。这些人的祖父母可能是口口相传的讲故事能手。有一两代人，这种口头传承是先记住故事，然后传下去，印下来，再成书。

书本是从垃圾堆上和白人世界的瓦砾里收集来的。一扎手稿是一回事，出版一本书是另一回事。我收到几则关于非洲出版情况的报道。甚至在像北非这些比较有特权阶级居住地的地方,谈出版前景仍是一个有种种可能性的梦想。

我在此谈论还没有写出来的书籍,谈论不能出版书的作家,因为那里没有出版人,听不到作家的声音。要估计这种才能的大浪费、潜力的大浪费,不太可能。出版书需要出版人,需要预售数,需要鼓励,甚至在到达那个阶段之前,依然缺少一些其他的条件。

作家常常被问:"你怎么写作呀?使用文字处理机?电动打字机?鹅毛笔?手写?"但实质的问题是:"当你写作时,你找到空间了吗?找到那种应当围绕你的空间了吗?进入那种空间,它就像是一种倾听的形式,专注的形式,于是词语,你故事里人物将要讲的词语就来了,思想、灵感就来了。"如果一个作家不能发现这种空间,那么诗篇和故事可能就会流产。作家们相互谈话时,他们所讨论的经常与这种想象中的空间有关,这是另一种时间。"你发现了它吗?你正紧紧地抓住它吗?"

让我们现在跳到明显是迥然不同的情景里。我们现在在伦敦,大城市之一。有一个新作家。我们玩世不恭地打听:"她好看吗?"如果是一个男人,就会问:"很有魅力? 英俊吗?"我们开玩笑,但这不是玩笑。

这新发现的作家被喝彩,可能还会得到许多金钱。这叽叽喳喳的传言开始传入他们可怜的耳朵里。他们被盛宴款待,被称赞,被迅速传到整个世界。我们这些老家伙,什么都见识过了,为这新手感到可惜,他/她对所发生的真正情况还一无所知哩。他/她被奉承,被捧得很开心。但问他或她在一年之内一直所想的:"可能是发生在我身上最糟糕的事情。"

一些大肆宣传的新作家不再创作了,或者写不出他们想写的作品。我们这些老家伙要对着那些单纯的耳朵吹吹风:"你们找到空间了吗? 你们的灵魂,你们自己必要的地方,在那里,你们自己的声音可以对着你们讲话,只对着你们,在那里,你们可以梦想。哦,抓住它,别让它溜了。"

我的头脑里装满了对非洲极好的记忆,我可以在我想要的任何时候激活记忆,看到记忆中的情景。那些布满天空的金色、紫色和桔黄色的晚霞怎么样啊? 卡拉哈里沙漠的灌木香气四溢,飞在上面的蝴蝶、飞蛾和蜜蜂怎么样啊? 坐在长着灰白小草的赞比西河岸上,看着非洲鸟雀飞梭在黑油油亮光光的水面上,感觉如何啊?是的,一只只大象,一只只长颈鹿,一只只狮子,以及其他的各种动物,很多,很多。那里的夜空依然没有受到污染,黑黝黝,妙不可言,满天眨眼的星星,看了感觉又怎样啊?

还有其他的种种记忆。一个非洲青年,大概18岁,眼泪盈眶,站在那里巴望的是他的"图书馆"。一个来访的美国人鉴于他的图书馆没有书籍,便送了他一柳条箱书。那青年把每一本书拿出来,恭恭敬敬地用塑料纸把书包起来。我们问道:"这些书本肯定被送去阅读吗?""不,"他回答说,"这些书会被弄脏,我会在哪里得到更多的书呢?"

我见过一个教师,那里的学校没有课本,甚至没有一支在黑板上写字的粉笔。他的班级上的学生年龄6岁至18岁,他在沙土上摆弄石子教他们数学,嘴里哼着:"2乘2等于……"我见到一个姑娘,也许20岁不到,也没有课本、练习簿、圆珠笔,用一根枝条在地上划着写字教书,而这时太阳当空照射,沙灰就飞腾了起来。

我真希望你想象自己在南非的某个地方,站在一个贫困地区的印度人商店里,当时极度干旱。人们(多数是妇女)排着队,拿着各种容器等待取水。这家商店每天下午从城里拖回来一车宝贵的水,这里的人就等着取水。

印度人站着,用他的手掌根撑在柜台上,望着一个黑人妇女,她朝着一沓纸弯身,这沓纸看起来像是从一本书上撕下来的。她在阅读《安娜·卡列尼娜》,读得很慢,口中念念有词。看起来这是一本难读懂的书。这个年轻妇女的两个小孩紧贴她的大腿。她怀了孕。印度人感到惆怅,因为这年轻妇女的头巾本来应该是白色,现在沾满沙灰,变成黄色。她的胸脯与手臂之间全是沙尘。印度人感到郁郁不乐,因为这些排队的人全都干渴至极,而他没有足够的水供应给他们。他感到恼火,他知道沙尘暴那边的人正在渴死。

印度人很好奇。他问这年轻妇女:"你在读什么呀?"

"是关于俄国的事情,"年轻妇女答道。

"你知道俄国在哪里吗?"他本人不知道。

年轻妇女直盯盯地看着他,一副高贵端庄的样子,虽然她的眼睛由于沙尘而变得通红。"我可是班级里的优等生哩。我的老师说我最优秀。"

这妇女又俯身阅读,她想要把这段文字读完。

印度人看着两个小孩,便伸手去取芬达饮料,但小孩的母亲说:"喝芬达使他们口渴。"

印度人知道他不应该这样做,但他还是朝柜台后面、他身旁的一个大塑料桶弯下身子,倒了两大塑料杯的水,递给两个小孩。他注意到这年轻妇女看着自己的小孩饮水时,嘴在砸巴着。他给她倒了一大杯水。看着她饮水的样子,他感到心痛,她太渴啦。

这时,她把塑料水桶递给他,让他把水灌满。她和孩子紧紧地望着他,怕他把水泼出一点儿来。

她又弯身去阅读,读得很慢,这段文字让她费解,于是她又读了一遍。

"瓦莲卡,白色头巾扎在她的黑发上,被孩子们围住,高高兴兴地同他们玩耍,同时对有可能同她关切的一个男子结婚明显地显得激动。瓦莲卡看起来很有吸引力。科兹内舍夫走在她身旁,一直带着羡慕的眼色瞧着她。他看着她,回想起他从她的口中听到的一切令人愉快的事情,一切他所了解的关于她的好处,并且越来越意识到他对她的感情是珍贵的,是在老早老早以前他的少年时期曾经怀有的感情。靠近她的快乐一步步加深,最后达到了这样的程度,当他把一个带嫩柄和翘起的伞状白桦林大蘑菇放进她的篮子里时,他直盯着她的眼睛,注意到她面孔上弥漫了惊喜,他自己迷乱了,静静地对她露出足以表明太多深情的微笑。"

这叠印刷品连同几本旧杂志和几页登载穿比基尼泳衣的姑娘们的报纸躺在柜台上。

她离开印度人商店这庇护所的时间到了,走四英里路返回她的村子。店外面排着队等水的妇女们喧嚷着,抱怨着。但是,印度人仍然恋恋不舍。他知道这个带着两个孩子回家的年轻妇女将费多大的劲。他想把那叠使她如此着迷的小说散页给她,可是他真的难以相信这挺着大肚皮的瘦骨伶仃的年轻妇女真的能读懂。

大约三分之一的《安娜·卡列尼娜》散页何以丢在一家偏僻的印度人商店柜台上的呢?

原来是联合国里的一个高层官员作漂洋过海的旅行时,碰巧在书店买了这本书。他在飞机的商务舱坐定后,把书撕成三等份。他撕书的时候,向四周的乘客看了看,知道自己会看到吃惊、好奇而带着某种有趣的表情。他坐好,束好安全带,大声读,声音之高,谁都能听见。"我长途旅行时总是这样的。你不想要托住一本比较重的大书嘛。"这本小说是平装本,但确实很厚。这个人习惯于人家听他讲话。当乘客们看到他的读书方式时,不管好奇还是不好奇,他向他们吐露他的秘密:"不,这确实是旅行的唯一方法。"

当他读完这本书的这部分时,他叫空中小姐把它送回给他的秘书,她跟随他旅行,坐在普通舱。这引起了很大兴趣和谴责,当然也引起了好奇。这伟大的俄国小说每一部分每次被读完,就放到飞机的后舱,书被肢解了,但可以阅读。

与此同时,在印度人的商店里,这年轻的妇女紧靠柜台,她的两个小孩抓住她的裙褶。她是一个现代女子,穿牛仔裤,裤子外面罩一条厚羊毛裙,非洲人的那种传统服饰,这样,她的小孩可以轻易地抓住裙子的厚皱褶。

她对印度人投去感激的眼光,她知道他喜欢她、可怜她。她跨出商店,走进阵阵卷起的沙尘里。孩子们哭着,沙灰吹进喉咙里了。

这是艰难的跋涉,哦,艰难哪,一步一步,踩进的灰沙堆看起来却像是一堆堆松软的沙丘,骗人的沙丘。艰难呀,艰难呀,但她习惯了艰难,她不习惯吗?她的头脑里充满了她刚才阅读的故事。她在想:"她像我,戴着白头巾,她也照料孩子。我也可以像她,那个俄国姑娘。还有那个男人,他爱她,还会向她提出同他结婚。(她读完的内容没有超过那一段。)是的,一个男人将追求我,把我带离这一切,带我和小孩,是的,他将爱我,照顾我。"

她思忖着。我的老师说过,那里有一个图书馆,比超市还大,一座大楼,摆满了书籍。这年轻女子朝前走时微微地笑了,沙尘吹拂在她的面孔上。我聪明嘛,她暗想。老师说我聪明。学校里最聪明的一个学生。我的孩子将来会像我一样聪明。我要带他们到图书馆去,放满书籍的地方,他们将上学,他们会成为教师——我的老师说我可以当教师。他们将远远地离开这里,赚钱。他们将生活在大图书馆旁边,享受好生活。

你也许会问:印度人商店柜台上的那本俄国小说的那部分是如何结尾的?

这会是一个好故事。也许有人会讲述它。

那可怜的年轻女子继续向前走去,想着她头顶着的水。一到家,她先要给她的孩子们喝,然后她自己再喝一点儿。她继续走着,穿越非洲干旱造成的可怕沙尘暴。

我们过饱了,饱得发腻了,我们在我们的世界——我们的受到威胁的世界。我们正好是反讽甚至是冷嘲的对象。一些词语和思想我们很少用,以至于变得很陈旧了。但是我们可能要恢复一些已经失效的词语。

我们有文学宝库，回溯到埃及、希腊和罗马。都在那里，这文学财富，被有幸接触到的人一次次发现。假若它不存在，我们将多么贫乏、多么空虚。

我们有一笔故事遗产，从古老的讲故事的人传下来的故事，一些人的名字我们知道，一些人的名字我们不知道。讲故事的人回溯到森林里的一块空旷地，在那里生了一大堆篝火，老巫师唱着歌、跳着舞，我们的故事遗产起始于篝火、巫术、神灵世界。而今，那就是故事传承的出处。

问任何现代讲故事的人，他们会说，他们经常有被篝火触动的一刻，我们称它为灵感，这回溯到我们的民族的起初，回溯到火、冰、狂风，这些形成了我们和我们的世界。

讲故事的人深入到我们每个人的里面。编故事的人经常和我们在一起。让我们设想我们的世界被我们大家轻易地想象的战争和恐怖袭击。让我们设想洪水淹没我们的城市，海洋上升……但是讲故事的人会在那里，不管好歹，是我们的想象塑造我们，保持我们，创造我们。当我们被撕碎，被伤害，甚至被毁灭时，我们的故事将重新创造我们。是讲故事的人，梦的制造者，神话的制造者（那是我们的凤凰)代表我们最好的一面,代表我们最富创造性的一面。

那可怜的年轻妇女步履艰难地穿越沙尘,为她的孩子们梦想着教育,我们想到过我们比她好——我们的食物充足,衣橱挂满衣服,物品过剩得透不过气来吗?

那年轻女子和那里的妇女们三天没有饭吃时却在谈论书籍和教育,我想,正是她们可以界定我们。

作 者 注

"牢笼"是十年前有人在伦敦某家研究机构亲眼目睹的情景,难受地向我详细描述。在这儿迫于情节的需要,我把它们的背景安排在巴西,但我确信巴西没有如此糟糕的现象。

有关当局已经扫荡了里约市中心街道上的少年犯罪帮派,不准他们再骚扰游客了。

致　谢

一如往常,我由衷感谢我的经纪人强纳森·克劳伊斯(Jonathan Clowes),尤其是他为《第五个孩子》里班·骆维特的故事所作的贡献。

我也要向苏西特·马希度(Suzette Macedo)和马丁·柯波塔利(Martin Copertari)致谢,谢谢他们帮我搜集阿根廷西北部这块美不胜收的人间仙境的资料。

Ben, in the World

浮世畸零人

"你今年多大岁数?"

"十八。"

班迟疑了一会儿才回答,因为他晓得接下来会发生什么事,这正是他所害怕的。躲在玻璃窗后面的年轻人把圆珠笔放在填写了一半的表格上,用班再熟悉不过的表情来审视眼前这位客户。年轻人虽然有点不耐烦,却感到有趣,但并不是嘲笑。站在他眼前的这位矮小粗壮、体格强健的男人,身上穿着一件超大夹克,看起来至少有四十岁。还有那张脸!那是一张宽阔的面孔,五官轮廓突出,嘴角拉着长长的笑——究竟有什么事情这么好笑?——宽大的鼻梁,大大的鼻孔,浅绿色的眼珠子,淡褐色的眼睫毛,硬邦邦的淡褐色眉毛,留着不适合脸型的整齐短髭。他的头发黄黄的、乱蓬蓬的,似乎就像他的笑容一样教人不安,长长地向前垂下来,耳朵两旁则是硬邦邦的发绺,仿佛是在嘲讽时髦的发型。更糟的是,他还有着一口上流社会的口音;他是在嘲弄人吗?办事员沉醉在自己的细微观察中,班带来的麻烦令他感到不悦。他的口气听起来有点暴躁:"你不可能只有十八岁。别闹了,你究竟是多大?"

班沉默不语。他提高警觉,全身的细胞都晓得危险来了。他真懊悔来了这个地方,现在这里的人可能会把他抓去监禁起来。他倾听外面的动静,安慰自己还安然无恙。几只鸽子在人行道的梧桐树上叽叽喳喳聊天,他的心跟它们在一起,想象它们粉嫩的爪子紧紧地攀着树枝,他的手指也不禁紧握;阳光暖洋洋地晒在背上,它们感到心满意足。屋里充斥着他无法理解的声音,他尝试着将它们一一区隔辨识。面前的年轻人还在等待,手上的圆珠笔在指尖旋转,身边的电话铃声响起。两旁还有好几位年轻男女,他们面前也都有一面玻璃。有的人使用会滴滴答答和咔嗒咔嗒响的工具,有的则盯着会浮现文字的荧幕。班晓得这些嘈杂的机器大概都对他不怀好意。他稍稍向旁边挪动,避开玻璃上令他心烦的影像，免得正面面对这个向他发脾气的人。

"是的，我只有十八岁。"班说。

他晓得他的年纪。三个冬天以前，他去找母亲，因为他痛恨的哥哥保罗进来了，所以他并没有留下来。母亲在一张卡片上写了几个大字：

你的名字叫做班·骆维特。

你的母亲叫做海蕊·骆维特。

你的父亲叫做大卫·骆维特。

你有四个兄弟姐妹：路克、海伦、珍和保罗。他们都比你大。

你今年十五岁。

卡片背面写着：

你出生于……

你家的地址是……

这张卡片让班感受到愤怒的绝望，他从母亲手中抢走它，夺门而出。他最先把保罗这个名字涂掉，再来是其他哥哥姐姐的。然后，卡片掉到地上，他捡起来时看到反面，又用黑色圆珠笔把所有的字涂掉，只留下一团狂乱的线条。

感觉上，那个数字，十五，老是不断出现在他要面对的问题当中。"你今年几岁？"他晓得这很重要，所以记下来了；过了那一年人人都不会错过的圣诞节后，他又加了一岁，是十六岁；再来是十七岁。现在，因为过了三个冬天，我十八岁了。

"好吧，那么，你是哪一年出生的？"

自从他愤怒地用黑笔在卡片背面胡乱涂鸦以来，每过一天他就越明白自己犯了多大的错误。在愤怒的巅峰他终于毁了整张卡片，因为现在它已经毫无用处了。他知道自己的名字。他知道"海蕊"和"大卫"，而且不在乎那些巴不得他死掉的哥哥姐姐。

他不记得自己的出生日期。

倾听着每个声响，他察觉办公室里的杂音突然变大了。因为排在玻璃窗外等待的人群中，有个女人突然开始对着面试她的办事员大吼大叫，由于空气中激荡着怒气，所有队伍都开始骚动推挤，其他人咕咕哝哝地抱怨，然后就破口叫器,说出一些骂人的话,好比,混蛋、狗屎——这些是班十分熟悉且害怕的字眼。他感到一阵冰冷的恐惧从颈背窜下脊椎。

他身后的男人已经等得不耐烦,说道:"我可没有你的闲工夫。"

"你是哪一年出生的?哪一天?"

"我不晓得。"班说。

办事员决定就此打住,把问题延后,说:"你不晓得上一个雇主是谁。你没有住址。你不知道你的出生日期。这样吧。去户政事务所,找你的出生证明来。"

说完这些话他的目光就离开班的面孔,点头示意下一个男人上前来。班直接走出办公室,感觉自己的头发和全身的寒毛都竖立起来了,他感到身陷绝境,好害怕。外面是人行道,人潮来来去去,街道上车水马龙,只有鸽子在梧桐树下悠闲地走来走去,咕咕地叫,自鸣得意,树下有一张长板凳。他坐在一端,另一端有个年轻女人瞧了他一眼,接着又瞄了一眼,就皱着眉头走了,边走还边回头瞧他,她脸上的那种表情班很熟悉,他早就料到会是如此。她并不怕他,可是可能不久以后就会觉得害怕。她忧心忡忡地离去,宛如逃命般,躲进一家商店后,还不时回头张望。

班饿了。他身上没有半毛钱。地上有些喂鸽子的面包屑。他环顾四周,匆匆捡起它们:以前他这么做曾经招来责骂。有位老人过来长板凳上歇歇脚,他盯着班看了很久,还是决定不理会本能的警告,闭目养神。阳光在他苍老的面容上晒出一粒粒的汗珠。班想着他必须回老妇人那儿去,可是她必然会对他大失所望;她吩咐他到政府机关来领失业救济金。想到她,班不禁微笑起来。跟先前让办事员生气的咧嘴作笑大不相同,他笑嘻嘻地坐着,胡子中间露出牙齿。他看着老人醒来,拭去从额头滴下的汗珠,老人对着汗珠自言自语:"啥?那是啥?"好似教他想起了什么似的。然后,为了掩饰自己的失态,他凶巴巴地冲着班说道:"笑,笑,有什么好笑?"

班离开了长板凳、树荫以及鸽子的陪伴,走过一条又一条的街道,走了约莫两里路,他晓得他走对了。接近一区四面临街的一排排大公寓,他直接走进其中一幢,一进去就看见电梯向他直冲下来,胸口立刻怦怦乱撞、喉咙发出嘶嘶喘息,他尝试逼自己走进电梯,可是内心对电梯的恐惧感却促使他走向楼梯。一、二、三……十一段冰冷的灰色楼梯,听着电梯在墙壁的另一头隆隆碰撞。楼梯平台有四扇门。他直接走向其中一扇飘来浓浓肉香的门口,这香味让他忍不住口水直流。他转动门把,让它嘎吱作响,再后退一步,满心期待地注视着,门开了,一位老妇人笑眯眯地站在那儿。"嗨,班,你来了。"她说着伸手将他拉进屋里来。进屋后他稍稍低头弯腰,迅速环顾四周,首先就是注视坐在椅子扶手上的一只大虎斑猫。它全身寒毛直竖。老妇人走向它,说道:"好啦,好啦,咪咪,别紧张。"在她安抚的手中它的恐惧逐渐缓和,又成为一只柔顺的小猫咪。接着老妇人才走向班,口中喃喃说着同样的话,"好啦,班,别紧张,过来坐下。"班听话地将视线从猫的身上移开,可是依然小心翼翼的,不时向猫瞥一眼。

老妇人就住在这间小套房里。瓦斯炉上有一锅炖肉,这正是班在门外嗅到的香味。"别紧张,班。"她又说了一遍,然后舀了两碗炖肉,在其中一碗旁边放一大片面包,给班,再把她自己这一碗摆在他的对面,然后用汤匙舀了一小碟给猫咪,就放在椅子旁的地板上。但猫可不想冒险:它静悄悄地坐着,眼睛直盯着班。

班坐下来,刚要动手去抓肉块,就瞧见老妇人对他微微摇头。他拿起一只汤匙，留心每个动作，规规矩矩地吃，刻意保持整洁，虽然他十分饥饿。老妇人只吃了一点点，大部分时间都在看着他吃；等他吃完时，她把炖锅中剩下的部分全都舀出来，放进他的盘子里。

"我没料到你会来，"她说，意思是否则她就会多煮一些，"把它涂在面包上。"

班吃完了炖肉，接着又吃完了面包。除了几片蛋糕外，这儿已经没有别的东西可吃，她把蛋糕推到他前面，可是他没理它。

这会儿他已经放松，她缓缓地、小心翼翼地开口，仿佛在跟一个小孩说话，"班，你有没有去政府机关？"她告诉过他路怎么走。

"有。"

"结果怎样？"

"他们说：'你今年多大？'"

老妇人听到这儿忍不住叹息，一手掩面，不断搓揉着脸，仿佛正在拂去令她为难的思绪。她知道班十八岁：他一直都这么说。她相信他的话。这是他一再重申的事实。可是她心知肚明，坐在她面前的这位可不是什么十八岁，她已经决定不再去烦恼那是什么意思。他究竟是什么,那可不关我的事。这就是她的感受。这是一个危险深渊!麻烦可大了!可得闪远点!

他像条狗似的坐在那儿等待谴责,露出一副假笑,她早就了然于胸,他咧嘴作笑的假笑表示害怕。

"班,你得回去找你的母亲,向她要你的出生证明。我相信,她会有的。这样就可以替你省去所有麻烦和那些恼人的问题。你还记得怎么去那儿吧?"

"我晓得。"

"呃,我想你得尽快去一趟。明天怎样?"

班的眼睛并没有离开她的面容,将她的每一个小动作,眼睛、嘴、微笑和她的坚持,都尽收眼底。这已经不是她第一次要他回家去找母亲了。他不想去。可是如果她说他必须去……对他来说困难的是:他在这里得到了友谊、温暖、慈祥,但在这里,也使他必须暴露在痛苦、困惑与危险之中。班的目光并没有离开那张面孔,此刻对他来说,那张和蔼的笑容是全世界最为难的脸庞。

"你瞧,班,我必须靠我的养老金过活。我只有这点钱可以过日子。我想帮你,可是你如果有一点钱——那个政府机关会给你钱的,那就可以帮得上我。你懂吗,班?"是的,他懂。他知道金钱。他早就学会现实冷酷的教训。没有钱就没得吃。

如今,好似她要他做的不是什么大不了的事,只是小事一桩,她说:"好,那就这么说定了。"

她站起来。"瞧,有件东西我想刚刚好适合你。"

折叠好放在椅子上的是一件夹克,这是她在一家爱心商店找到的,她找了很久才找到一件肩膀够宽的。班身上的夹克已经脏了也破了。

他脱下它。她找到的这件夹克对宽肩阔胸的他来说很合身,可是腰部太松。她指着皮带说:"瞧,你可以把它拉紧。"帮他调整好,另外还有条长裤。"现在我要你去洗个澡,班。"

他听话地脱下新夹克和长裤,从头到尾都一直看着她。

"班,我要把这条裤子收走,"她说完照做了,"我也得去找新内裤和背心。"

他光溜溜地站在那儿,看着她去隔壁的小浴室。他张开鼻孔,呼吸水的味道。在等待期间,他分辨了室内种种气味:逐渐消失的炖肉香味,温暖友善的气息;面包的味道,嗅起来好像一个人;接着是一种野味——那只猫,依然在注视着他;一张床的味道,床罩拉上来盖住枕头,又有另一种气味。他也专心倾听:电梯寂静无声,远远隔在两道墙后面。天空传来隆隆声,不过他认得飞机,并不害怕。楼下的车声他压根儿没听见,他早就把它关闭在他的意识之外。

老妇人回来说:"来吧,班。"他跟在她身后,爬进水里,蹲在里面。"坐下。"她说。他讨厌滑倒。腰部以下泡在热水中,他紧闭双眼,露出牙齿,这次的微笑表示认命顺从,任由她替他洗澡。他晓得洗澡是他每隔一阵子就必须做的事,这是他的本分。事实上他已经开始享受水了。

当班的目光不再锁住老妇人的脸,她才允许自己流露出她所感觉到的好奇,这是永远也无法缓和或满足的。

在她的双手下面是一副强壮宽阔的背,脊椎两侧有棕色的绒毛,肩膀上则有一片湿湿的软毛:感觉上她好像在帮一条狗洗澡。他的上手臂也有毛,不过没那么多,不比正常男人手上的多。他的胸部毛茸茸的,但不像毛皮,这是一个男人的胸膛。她把肥皂递给他,可是他却让它滑入水中,再拼命去捞。她找到了它,用力地涂在他身上,再用小莲蓬头将泡沫冲干净。他从浴缸中跳起来,她又强迫他坐回去,清洗他的大腿,他的臀部,然后是他的生殖器。他不会忸怩害羞,所以她也不怕难为情。然后,他就笑呵呵地站起来,打着哆嗦躲进她手中的浴巾里。她喜欢听他的笑声:听起来好像犬吠。很久以前她养过一条狗,叫声就像这样。

她将他全身擦干,再将他光溜溜地带回隔壁房间,让他穿上新内裤、新背心、爱心商店的T恤和长裤。然后她拿一条毛巾围在他的肩膀上,当他开始扭动抗议时,她说,"班,你一定要披着。"

她先修剪他的胡子。它又硬又像鬃毛,不过她修剪得还不错。接下来是他的头发,那可是另一回事了,因为它粗糙而茂密。麻烦的是他头顶的双旋涡,如果剪短了,会露出头皮上粗短毛发的螺旋,让他头顶上的头发留长披在两旁是必要的。她告诉他,那些新潮高明的理发师可以让他看起来像个电影明星,由于他没有听懂她的话,她又改口说:"班,他们可以让你看起来帅到连你都不认识你自己。"

不过他现在看起来就挺不错的了,而且闻起来也很干净。

天刚黑不久,她做了平常独自做的事:从冰箱拿出几罐啤酒,倒满自己的玻璃杯,再倒一杯给他。他们今天晚上要用他最喜欢做的事打发时间——看电视。

她先找了一张纸,在上面写下:

爱莲·毕格斯太太

伦敦市 SE 6 哈雷街

含羞草之家 11 号

她说:"向你妈妈要你的出生证明。如果她必须去申请,那就请她寄到我这儿,写明转交给你——地址在这里。"

他没有回答,面有难色。

"你明白吗,班?"

"明白。"

她不晓得他究竟明不明白,但是猜想他大概懂吧。

他注视着电视。她起身,扭开电视,然后绕到猫咪身旁来。"好啦,好啦,咪咪,没事了。"可是猫咪的目光没有一刻离开过班。

这是一个轻松愉快的夜晚。他似乎并不介意看的是什么,有时候她以为他感到无聊了,就转到别的频道。他很喜欢野生动物节目,可是今天晚上没有这类节目。这其实是件好事，因为他有时会兴奋过头：她晓得是野性的本能被挑起了。她从一开始就了解，他努力在控制着她只能凭空猜测的本能。可怜的班——她晓得他是那样的，但是不晓得是如何，或为何会如此。

就寝时刻，她卷开要给他睡的日式蒲团，铺在地板上，把毯子摆在一旁，以防天气变冷：他通常不盖被子。那只猫，一见到敌人躺在地板上，立刻跳上床，紧贴着老妇人的身旁躺着。它在那儿看不见班，可是没关系，它觉得很安全。熄灯后屋内并没有真的变得一片漆黑，因为这一夜有月光。

老妇人倾听着班的呼吸声转变成所谓的"夜间呼吸"。她心想，这就好像在听故事，听一件事件或冒险，大概只有那只猫懂得。在睡梦中，班逃离敌人，被追捕，拼命挣扎。她晓得他不是人类：如她所说的，"不是我们当中的一分子"。或许他是某种雪人（雪人，常作"Yeti"，喜玛拉雅山脉的土语，指传说中住在喜玛拉雅山上真面目不详的动物）。她第一次在超级市场见到他时，他正在那儿徘徊觅食——只有这个词汇才足以形容——伸手抓取一条条的面包。当时她瞥了他一眼，心想这个野蛮人，她永远忘不了那一幕。

他是被猛烈的需求、饥饿和挫折给逼急了才爆发的,在她告诉服务人员"没关系,他是跟我一起来的"时,她就晓得这一点。她递给他一块刚刚买来做午餐的馅饼,领着他离开那个地方;他是饿坏了,所以边走边吃。她带他回家,把他喂饱,还帮他洗澡,虽然头一次他抗拒了一下。她注意到他对某些冷掉的肉的反应,可是她还是为他多买了一些。他就是这一点最与众不同;对于肉,任凭他怎么吃也吃不够。她是个老妇人,胃口小,东吃一点西吃一点就够了,苹果、起司、蛋糕、三明治,都行。那天的炖肉纯属凑巧:平常她很少吃那种菜肴。

有天晚上,他们三个上床就寝后,她感觉到有东西压在她腿上而醒来。原来是班偷偷爬上床来,他的头躺在她的脚下,双腿蜷曲。是猫的呜咽唤醒了她,班倒是睡着了。那是一条狗凑近来找伴躺下的模样,她感到一阵心疼,了解他的寂寞。早晨他不好意思地醒来,似乎以为自己做错事了,可是她说,"没关系,班。床够大。"那是一张大床,她结婚时买的。

她觉得他好像一条聪明的狗,总是努力期待必需品和命令。一点儿也不像猫;那是另一种敏感。他也不像猴子,因为他缓慢而沉重。他不像她知道的任何东西。他是班。无论他是什么，他是他自己。她很高兴他即将去找他的家人。他不爱说话，不过她猜那应该是个富裕的家庭。还有他的口音，绝对不像他的外表。他似乎很喜欢他的母亲。爱莲·毕格斯认为，如果她都可以善待班，那么他的家人应该也可以。如果行不通，他再回这儿来，那么她就会陪他去英国户政事务所查出他的年纪。她实在搞不清楚这件事，早就放弃去拼凑这个谜团了。他一再重复说他十八岁，她不得不相信他。在许多方面他还很孩子气，然而当她仔细端详那张面孔时，眼睛周围那些皱纹甚至会让她以为他接近中年了。尽管只是细细的皱纹，十八岁的人是不会有这些的。她甚至进一步思索，根据一般人的观点，不论他所属的人种是什么，可能都很早熟，因此也就早凋。二十岁就步入中年，四十岁就老了，反观她，爱莲·毕格斯，已经八十岁，却才刚刚开始感觉到自己上了年纪，所以她才希望自己不必大费周章踏上恼人的路途，去户政机关排队：光是想到这个念头就让她疲倦和难过。她沉沉入睡，倾听着班的梦，醒来时却发现他走了。写着她的住址的那张纸，还有她留给他的十镑纸钞，也跟着不见了。虽然她早就料到事情会如此,还是不得不坐下来,用手抚着烦恼的心口。自从他在几个星期前闯进她的生活以来,不祥的预感也随之而来。当他消失时,她独自坐在家里总是忍不住暗忖,班在哪儿?他在做什么? 他是不是又被骗了? 她常常听他说:"他们拿走了我的钱。""他们偷走了一切。"麻烦出在,从他口中说出来的消息总是颠三倒四。

"那是什么时候的事,班?"

"夏天。"

"不,我的意思是,哪一年?"

"我不晓得。那是离开农场以后的事。"

"那又是什么时候的事?"

"我在那儿过了两个冬天。"

她晓得他离家时大约十四岁左右。那么这四年来他都在做什么呢?

班的母亲错了,她以为他立刻就走了。其实他跟学校那一帮逃学的孩子在小镇郊外的一幢空屋露营,以那儿为根据地向外出击,冒充顾客混入商店行窃,晚上闯空门,周末则到附近的城镇去跟当地的青少年鬼混,渴望打一架,找点乐子。班是他们的头头,因为他很强壮,而且会保护他们。他们是这么想,其实真正的原因是他内心已经成熟,他是一个已经长大的男人,比较像个父母,相反的他们还是孩子。他们一个接着一个被捕,陆续被送到少年感化院去,或是回到父母身边和学校里去。有天傍晚,他站在一群打架的孩子旁边,并没有加入战局,他害怕自己的力气、更害怕脾气会失控,他突然领悟到自己是孤独的,没有同伴。有一阵子,他跟一群年纪较大的孩子鬼混,可是他并没有像以前一样当头头。他们强迫他替他们偷窃,取笑他,讥笑他优雅的口音。所以他离开了他们,流浪到西部乡间,碰见了一帮机车族,正在跟另一帮对手交战。他渴望骑机车,可是始终未能如愿。他是如此热爱它们,能够接近这些机车就够了。这帮人进餐馆或酒馆时,就利用他来替他们看车。他们给他食物,有时甚至给他一点小钱。有天晚上,对手帮派发现他独自在看管半打以上的机车,便以多欺少地围殴他,十二个对一个,把他打得血淋淋的。他自己的帮派回来时,看到有些机车不见了,正打算再殴打他,却发现这个看似迟钝愚蠢的畸形儿摇身一变,成了一个惊声尖叫的好斗疯子,差点杀死其中一个同伴。他们合力袭击才制住他,他连半根骨头都没断,只是再次流血呕吐。一个在酒馆工作的女孩把他带到小酒馆去,帮他冲洗,安排他坐在角落里,给他东西吃,让他再度恢复神智。他终于平静下来,或许还有点茫然吧。

有个男人走到他面前坐下来,问他是否正在找工作。班就是这样流落到农场去的。他跟着马修·管得利走,因为他晓得从现在起,不论两个帮派中哪个兄弟看见他,都会立刻召集同伴,他又会被揍得半死。

这座农场位于一条杂草丛生、泥泞不堪的小路上,离任何干道都有段距离。那儿田园荒芜,房舍乏人照料,偌大的农舍有一部分还因为屋顶漏水太严重而关闭。这座农场是二十年前玛丽、马修和泰德的父亲留给他们的。有座农场,但是没有钱。他们相当自给自足,靠农场上的动物、果树和菜园维生。大好的田地一块块卖给隔壁的农夫,他却拿来种饲料。玛丽和马修——如今则是玛丽和班,每个月都要走到三英里外的村庄,去采买杂货和泰德要的酒。他们只能走路去,因为他们的汽车在院子里生锈了。

每回需要钱买食物、付电费和地方税时,玛丽就对马修说:"把牲畜带到市场去换点钱。"可是有一回,账单好几个月都没人理,而且根本没付。

人们都故意遗忘这个可耻的地方：当地居民一方面是感到羞耻，另一方面又为管得利一家人感到难过。人人都晓得"男孩们"已经老大不小了，他们不识字，离低能儿也不远。玛丽原先期望有朝一日能出嫁，结果事与愿违。管理农场的人是她，她告诉兄弟们该做些什么：修理那道篱笆、打扫那间牛舍、带羊去剪毛、去种菜……她整天都要盯着他们，因为不得不这样，人也变得尖酸刻薄。所有的活儿都是马修一个人做的，泰德静悄悄地躲在房间里喝酒喝个半死。他不会惹麻烦，可是他也无法做事。马修得了关节炎，胸部也有问题，不久就做不动粗活，只能喂鸡和照顾菜园，大概就这样了。

他们给了班一间有着简陋家具的房间，跟他成长时所居住的舒适房间相比是天壤之别。他想吃多少都可以。他从天亮工作到天黑，天天如此。他晓得大部分活儿都是他一个人做的，但是并不知道要是没有他，这座农场就完蛋了。这座农场，或像这样的地方，很快就要变成不可能存在的事了，等欧盟执委会颁布法令、监视卫星时时在天上环绕时——那一天就要来临了。这个农场是地方上的耻辱，大好良田被荒废；因为没有付费，电话被断线。人们沿着小路或是穿过农家的庭院进来,表示希望买下农场。他们会见到玛丽——一个愤怒的老妇人,她会叫他们滚蛋,当面甩上大门,让他们吃闭门羹。

在附近的农场上,每当有人问起管得利一家人时,站在他们这一边的邻居们总是支吾其词,以对付官员和好管闲事的人。如果他们失去农场,那些可怜的被遗弃的人,泰德和马修要如何过日子呢?他们大概会被送到收容所去。玛丽呢?不,让这些可怜虫活够他们的岁数吧。而且他们那儿还有个没人晓得究竟打哪儿来的孩子,他看起来有点像某种雪人,可是他活儿干得还不错。

有一回,班跟玛丽进村里去提杂货回来,半路上有个男人拦下他,对他说:"听说你跟管得利一家在一起。他们待你还好吗?"

"你要做什么?"班问。

"他们付你多少钱?就我对管得利一家的了解,应该不多吧。你如果来帮我做事,我保证绝不让你吃亏。我是汤姆·汪之尔……"他重复这个名字,又说了一遍,"随便问问附近任何一个人,他们都会告诉你我的农场怎么走。你好好考虑一下。"

"他跟你说些什么?"玛丽问,班照实告诉了她。

班从来没有收过薪水单,也从未提及工作条件。以前进村子去时玛丽给过他几镑,好让他买牙膏那一类的东西。她很高兴他在乎个人卫生,而且喜欢他衣着整洁。

如今她说:"班,你晓得我是替你保管你的工资。"

他如何晓得? 这是他头一次听到这件事。玛丽以为他很愚蠢,就像她的兄弟一样,但是现在她看见麻烦隐隐迫近了。

"你不会想离开我们的,班,"她说,"你帮任何人做都不会更好的。我已经替你存了一笔钱,你什么时候想要都可以。"

她指着她房间里一个高高的抽屉。然后她拉了一把椅子,扶稳椅背,逼他站上去。抽屉里面有好几叠钞票。在班看来,那些钱似乎比想象中更多。

"那是我的吗?"他问。

"有一半是你的,"玛丽说。

等他离开后,她立刻把它藏到别处去。

他舍不得离开的人是玛丽,虽然他喜欢牛,也爱看猪的滑稽动作。他觉得玛丽待他很好:替他缝补衣服,帮他买了一条厚牛仔裤过冬,还给他足够的肉吃。她从来不曾对他发脾气,不像她对她兄弟那样。

他过着一种其他人猜想不到的生活。他们全都早早就寝,反正没什么事好担忧,也没有电视可看。泰德通常都喝醉了,九点或十点就鼾声大作;玛丽收听新闻广播,听完就回房去。等屋子安静下来后班就翻过窗台悄悄溜出去,一个人在田野和树林里漫步,自由自在的,只有他自己。有时他会捕捉小动物或小鸟来吃。有时他蹲在树丛后面观看小狐狸玩耍,一看就是几个小时。他背靠着树干坐着,倾听猫头鹰的叫声。要不然他就站在乳牛的旁边,一手搂着牛的脖子,用脸摩挲着。它身上传来的暖意,以及转过头来闻一闻他的气味时,呼吸在他手臂和腿上的热腾腾的香味,意味着温柔的安全感。他也会倚靠着篱笆的柱子仰望夜空,在晴朗的夜里他会对着星星唱出一首低喃的小曲,要不然就是手舞足蹈、抬腿顿足。有一回,玛丽以为听见了一个可疑的声响,走到窗边,瞥见了班的身影,她在漆黑中蹑手蹑脚留下来观看与倾听。那真教她头皮发麻、全身发冷。她何必在乎他如何寻欢作乐?要是没有他,动物就没人饲养,牛奶就没人挤,猪也只会生活在肮脏的窝里。玛丽·管得利对班有点好奇，但是不多。她自己的生活已经有太多麻烦了，顾不了其他人。她把班来农场帮忙看成是上帝对她的仁慈。

之后，泰德喝醉从楼梯上摔下来死了。下一个本该是马修，那个半跛的又不停咳嗽的男人，结果却是玛丽心脏病发。各种官员突然变得好奇，其中一位要求调查原因，问了班一些问题。班本来想说他们还欠他工钱，可是直觉却对他大叫：危险！所以他就跑掉了。

他先去了一座酿苹果酒的农场采苹果，后来又去采山莓。其他采果工人都是波兰人，多半是学生，被劳工承包商用飞机送来，尽管工时很长，开心的年轻人依然决心度过一段美好时光。班沉默而机警，时时提防着。那儿有篷车可以过夜，可是他痛恨跟别人挤在一起，车上空气也不好，所以晚上跟他们一起吃过晚饭，听完他们的歌曲和笑话以及笑声后，他就独自带着睡袋到树林过夜。

等到采收期结束时，他已经存了不少钱，他感到很开心，因为他晓得身无分文会让人走投无路。有位爱唱歌和爱开玩笑的年轻人，趁他睡觉时偷走了他吊在树干上外套里的钱。班强迫自己回农场去，心里想着那个抽屉里的钱有一半属于他,可是房子已经被查封,牲畜们也不见了,房子四周爬满了荨麻。他并不关心马修,马修很少跟班说话,要有也只是一些粗鲁的话,好比老狗死的时候他说:"我们不需要别的狗,我们有班。"

他回家去找母亲,可是她又搬家了。他必须费点心思来寻找她。有一幢屋子,但是一点儿也不像他心目中的家。他无法逼自己进去,因为他看见保罗在那儿,"怨恨"这个敌人差点儿让他抓狂。

所以他走那条古老的马路去伦敦,富裕的伦敦,那儿肯定有点儿什么可以给他。他是在那儿找到了工作,又被骗了一次,失去了信心,幸亏爱莲·毕格斯在超级市场里发现了饥肠辘辘的他。

含羞草之家外面漆黑的人行道上似乎空无一人,可是班晓得影子晚上会拉长变形,在转角上他险些撞上一名摇摇晃晃、边走边喃喃咒骂的醉汉。班向旁一拐跑过冷清的街道,全然不理会交通信号。抵达里奇蒙后他才开始过十字路口,告诉自己,绿灯走,红灯停。现在周围已经有人了,而且还不少。他继续前进,四面八方人越来越多。他继续随着本能前进,只要他不把地图和方向搞混的话,这些本能还蛮管用的,然后他来到了一条交通要道,感觉肚子饿了。他走进一家写着"全天供应早餐"的咖啡馆。每到一处新地方,他总是仔细在人们的脸上找寻可能变成危险的侧目。不过时间还早,人们还不会太注意别人。他小心翼翼地慢慢地吃着早餐。离开咖啡馆时他对自己的表现感到很满意。日正当中时他再度上路,穿越了暖阳普照的田野。接着又来到了一座林子。一只画眉鸟正在尚未换叶的树林中穿梭。他轻而易举就捕捉了它,拔掉它的毛,嘎喳嘎喳得几口就把它吃掉了。它的另一半飞过来查看,结果这一对鸟儿和它们的热血暂时满足了他的胃口,然后他又快速上路,但是并未迈开脚步奔跑,因为他晓得那会招来人们的追逐。他在加油站买了一瓶水,走出商店时看见一辆机车正好呼啸一声停了下来。班被这部闪闪发亮、明快有力的机器吸引,不由自主地走向它。他站在那儿傻笑——他开心时的微笑。机车上的青年压抑不住他对这名外表古怪的大胡子男子的狐疑,因为他认出了爱车族相同的气质,一个像他一样的机车族,所以他说:"帮我看一下车子。"就走进店里去,他出来时班正在抚摸把手,班脸上爱不释手的神情使得这个平常不让任何人碰他车的年轻人不由说道:"那就上车吧。"班一跳上车,他们就出发了。

"你要上哪儿去?"

"这附近。"班对着风大声喊。

这辆大型机车一路隆隆作响,跳跃前进,他们匆匆在车辆中穿梭,班也大声呼啸:听起来好像一首歌,一声胜利的欢呼。这个青年骑着车,听见身后的狂喜,也是又吼又笑的,然后便开始唱起一首真正的歌曲,班虽然没听过,还是跟着唱了。

他们来到一座小镇。车在那儿突然向左转,不久就把街道抛在后面,再度向乡村前进,班却大叫:"放我下来,我走错方向了。"

青年大声说:"你怎么不早说呢?"就在汽车和货车前危险地急转弯掉头回去,一溜烟又疾驰回到小镇中央。"这儿?"青年大声问。班大叫:"是的。"

他站在小镇中央的人行道上,机车疾驰而去,青年向他比了一个拇指向上的手势,表示称赞。

班转向他必须前往的方向,开始徒步前进,心里想着机车,雪白的牙齿从胡子中露出快乐的笑容。他们骑了好一段路,比班预期早了好几个小时到达目的地;事实上,在下午时分他已经走进他熟得不能再熟的路了。房子就在那儿,这幢大而美妙的房子,四周围着花园,而且那儿……他瞧着竖着铁栏杆的窗子,立刻有一股令人直打冷战的强烈怒火席卷了他。铁窗——他认为这些铁窗是用来关他的。他曾经站在那儿,用他强壮的双手奋力摇晃那些栅栏,它们却纹风不动;只有栅栏埋入墙壁的部分,在他的摇晃下掉了一点漆,显示他的力气多么没用。不过他此刻感受到的怒火被一个更强烈的需求赶走了,这个需求将他拉向这幢屋子。母亲,他要见他的母亲。因为老妇人的仁慈,他记起了另一份慈祥,并且明白以前就一直是这样的:她就像老妇人一样,并没有伤害他,还到那个地方来拯救他……有小孩子从前门跑出来。班不认识他们,他心想,他们当然搬走了。母亲此刻是不会在这里了。他转身离开这幢房子——他童年的家,开始在街道上闲逛。像条狗般嗅寻踪迹。不过他找的不是味道;他曾经见过另一幢房子,他的家人后来搬去的那一幢……可是等一等,在那之后还有另一座,就是母亲写在大卡片上的地址。他现在前往的就是那座房子,可是这并不是他想要的。他从来没去过他们现在居住的房子。没有办法找到它:他心中没有概念,不晓得那儿的街道、气味、灌木丛、门庭是什么样子。这下子该怎么办? 一声绝望般的呻吟让他感到胸口伤痛,然后他想到了,等等,公园,她会在那儿。他动身前往以前经常跟哥哥姐姐嬉戏的小公园。或者应该说,是他旁观他们玩耍的地方,因为他们抱怨他太粗鲁了。他玩耍的时候总是独自一人,或是跟母亲一起玩。

那儿有一张他很熟悉的长板凳。母亲很喜欢那座公园,还有那张长板凳,有时候她会在那儿坐一整个下午。可是此刻板凳上空无一人。班明白一件事,那就是他如果在一个地方逗留太久,人们就会开始注意他。他尽可能四处走动了一会儿,偷瞄人们的脸,寻找"那个表情",然后他在一张长板凳上坐下来,看着他心里认为属于母亲的那张长板凳,等待着。他又饿了。他离开公园去找以前跟一帮好友常去的小咖啡馆,就是他当老大带头的那一帮玩伴,可是那家咖啡馆已经不在了。他在自动售货机上买了一块夹肉三明治,再回公园去,他在那儿见到了她,见到了母亲,她捧着一本书坐在那儿。她的影子投映在草坪上,几乎延伸到他的脚边。他在心中复习他必须问她的所有问题:她的新地址,他确实的年龄,他的出生日期,她手上有没有他的出生证明?一股洋溢着爱的幸福感仿佛和煦的阳光充满了他的心,然后,就在他准备好了问题,准备向她打招呼时,却看见有个人穿越公园的草坪向她走去——保罗;来的人是保罗,那个令他深恶痛绝的哥哥,想要一了百了杀了他的念头是他童年时时刻刻的渴望。他就在那儿,一个高挑、瘦弱的年轻人,有着修长的手臂和骨瘦如柴的双手。还有他的眼睛,班不用看也认识那双眼睛:大大的、朦胧的蓝眼睛。保罗向母亲微微一笑。她拍拍身旁的板凳,要保罗坐下来,牵着保罗的手握着。班感到怒火中烧,气得浑身颤抖,瞳孔变得深邃,仿佛要流血。他想将保罗推倒,然后——他晓得一件事,而且非常清楚,因为有太多坏事了——他有某些感觉是世人所不容的。在这股激怒、这份恨意平静下来以前,他无法接近母亲,无法接近哥哥保罗。可是这些感觉越来越糟,让他几乎难以喘息,透过发红双眼的凝视,他眼睁睁地看着母亲和那个始终在他和母亲之间从中作梗令他苦恼的人,那个骗子,站起来一起走开。班尾随着他们,但是保持距离。他决心不要让他们看见,震怒因而渐渐平息。他并没有蹲下——那一招在森林和树林里才行得通,他直挺挺地站起来,悄悄地走着,远远地跟在两人后面。然后,他们接近了一座房子,一幢比他们第一次搬去的那一座更大的房子,坐落在一座花园里,他看着他们打开大门,一起走进屋里去,门在他们身后甩上。

班正在努力厘清头绪。母亲从原先的大房子搬到一个小屋子。他记得她说过,"够大了,住得下我和保罗。"他将它解读成:可是没有大到连你也住得下。如果她再次搬家,而且又搬去一幢更大的房子,那不就表示其他人也都在那儿?至少有一些?他晓得他们全都成年了,不过他记得的是整个家的成长——孩子都在长大。在他心里的是另一幢屋了,挤满了孩子,还有大人。这座屋子没有空间可以容纳一大群人……他必须冷静下来,沉住气,甩掉杀人的念头。他绕着这个街区愤怒地走开,再绕回来,又走开一阵子,再回来,然后,这幢新屋子的门面似乎变得像一张不友善的脸孔般陌生。接着他瞧见父亲快步沿着人行道走来。他只要抬起眼睛就可以看见班,可是他皱着眉头,仿佛心事重重,压根儿连头也没抬。班晓得他不能继续在这儿闲逛下去了,街坊邻居会起疑心的,他们总是随时躲在暗处观望,即使你以为你看到的只有空白的墙壁和窗户，在你料想不到的地方总是隐藏着窥视的目光。他再度绕着这一街区走了一遍，这回他瞥见路克走进屋子，身边还带了一个小孩：想到路克做父亲了实在教人难以理解。他想，全家人都在这儿，他的家人齐聚一堂。他可以走进去说，我回来了。然后呢？他晓得，他们以前为了他四分五裂，为了他吵得反目成仇，只有母亲站在他这边。那个地方把他关起来，用冰冷的水冲洗他，她却来带他回家……可是其他人要他留在那儿，巴不得他死掉。

天色渐渐暗了，街灯亮起，友善的夜晚降临。可是晚上他不可以在住宅外面的人行道上逗留太久。他走过这幢屋子前面，里面的灯火柔和地照在他身上，仿佛在说进来吧！他又走回去。他听见电视声，他好想进去坐下来跟他们一起看电视。想到这里时，他仿佛又预见保罗将会如何尖叫，他就是无法跟保罗共处一室，他眼前也浮起父亲冷淡的面孔，他似乎总是在避开他。假设他就这样走进去，对母亲说："请把我的出生证明给我，我就离开。"可是怒火在他心底鼓噪，因为他眼中瞧见的尽是如此痛恨他的保罗。怒火让他的手指握紧扭曲。好想掐住那个啪的一声就会扭断的

纤细脖子……

他从家人的住处走开,永远离开了这个家,心中的痛楚冲淡了怒火。他感觉到泪水浸湿了自己的胡子,顺着下巴流下。他再度感到饥肠辘辘。这回他必须小心点,晚上的人跟白天的不一样。最好别冒险去找张桌子坐下来。他去麦当劳,买了一块肥嫩多汁的汉堡,拿掉沙拉和面包,一边走一边狼吞虎咽,然后他就出了小镇,朝着伦敦,朝着老妇人的家前进。他身上只剩下四磅,大概不太可能再幸运地遇上一辆机车。他是如此悲伤,如此孤寂,可是黑暗是他的家,黑夜是他的天地,晚上人们不会危险地盯着你瞧——那是说,只要你不跟他们共处一室就没事。他走在乡间小路上,头上的夜空朦胧地闪烁着柔和的星光,还有几片薄云飘过。附近有一小片树丛,还算不上林子,但是足以供他遮风避雨。他找到一处灌木丛,安顿下来睡一觉。夜里他一度醒来,听见一只刺猬在他的脚边吹气,嗅他的味道。他坐着就可以捕捉它,但是并没有这么做,倒不是害怕手掌会扎满了刺,而是晓得舌头会被刺扎到:你无法像咬小鸟般咬一只刺猬。他在破晓时最早的清凉气息中醒来。没有鸟儿,这只是一小片稀落的树丛,他看得出来附近有人烟,也听得见车声。他可以在中午时分抵达伦敦他要去的那一区。前方是几小时提心吊胆的徒步路程；而他的肚子，哦，他的肚子，一再吵着要食物。他的饥饿弄伤了他，威胁着他。这不是轻易可以解决的饥饿：清淡的面包或汉堡似的圆形面包是无法满足他的。这是对肉的渴求，他嗅到了血的生鲜味道，血腥的气味。然而，这份饥饿感对他来说却充满了危险。有时候，当他被气味吸引到肉品贩卖店时，他的身体似乎因为匮乏而饥肠辘辘，双臂也不由自主地向肉伸出去。有一回他抓了满满一手的猪肉片，站在那儿大快朵颐，屠夫背对着他，嚼食的声音让屠夫突然转过身来——可是班一直跑，一直跑——从此以后他就不再进这些肉品贩卖店了。这会儿他边走边盘算着，如何才能够不花掉手中仅剩的四镑，又能找到肉吃。

他的双脚正带着他往前来到一座建筑工地的高高铁丝网外面，俯瞰着成堆的湿土、机械和戴钢盔的男人。他曾经在那儿工作过一段日子，他们雇用他是因为他的肩膀和手臂可以支撑两三个男人才举得起来的桁梁。其他人站在一旁看着他推开、用肩扛起和举起来。他曾经想要跟他们打成一片，加入他们的笑话和谈话，可是却不晓得如何融入。

好比,他从来都不明白,他说话的方式为什么比他们的更好笑。他们打量他的目光严肃而谨慎。到了周末,是发薪日。这些全是为了各种缘故而非法打工的人,拿到的酬劳还不到工会行情的一半。可是班曾经赚取足够的金钱可以带去给老妇人,而且她也对他很满意。过了两星期后,来了一个新人,他从一开始就欺负班,嘲弄他,发出喃喃的抱怨和咆哮声。起初班并不知道这些声音是在暗指他;那回很危险,班站在高处,两脚腾空叉开站在桁梁上,街道在远远的下面,当这个男人推挤他时,他也没有立刻会意过来。工头立刻出面干涉,从此以后班就开始留意这名笑里藏刀、粗鲁爱现的红发小子,努力避开他。又过了一个星期。发薪水的地方是工人们用来休息的大棚,下大雨时就成了避雨棚。他和红发小子是领钱队伍中最后的两位,这是他的敌人蓄意安排的,因为班一领到薪水袋,这个年轻人就从他手中把它抢走,一溜烟跑掉,还一路发出咕噜咕噜声,猛抓自己,又蹲得很低再跳起来,然后又重复一遍:班晓得这是在装猴子。他去过动物园,参观过一个又一个的铁笼子,搜寻贴上黑猩猩、狒狒、猪人、猩猩、雪人标签的动物。动物园里可没有雪人,也没有猩猩,他一直想了解它们,因为他晓得自己一直在寻找跟他相似的生物。

他无助地望着工头,希望他会保护他,却只见他咧着嘴袖手旁观,他也看到了围观人们的嘴脸,他们自顾自握紧手中的薪水袋,那个表情,那个笑容。他早就晓得他们是不会帮他的。他白白工作了一整个礼拜。他实在太想杀人了,不得不走开,他听见工头在后面叫他:"如果你星期一来的话,会有活儿给你。"意思不是指钱,而是专门留给他那双强壮肩膀的工作,替其他人省去不少力气。星期一他是回来了,起先俯瞰着工地,双手扶着铁丝网,好似他是在里面,而不是外面,好似它是一个牢笼;下面是跟他一起工作的工人,不过红发小子没来,因为他抢了班的钱,心虚不敢回来。那一周班慢慢地、小心翼翼地工作,注意脸孔,留意目光,避开他们,或是担负对他来说轻而易举但对他们来说吃力的重担。然而,那个周末他的薪水袋里却只有应得工资的一半而已。他晓得他平常领的是合法建筑工人,也就是不是非法工人的一半酬劳;可是那一半如今又减半了。工头的目光盯得他不敢再与之对视。这个人不是平常的工头,平常的工头病倒了:这个人是前天才从另一个工地调来代班的。工人们又围拢过来旁观,依然面无表情。他们期待他抱怨、抗议,甚至打一架;他们目不转睛地盯着他粗壮的手臂和拳头。可是班太清楚了,事情只会越闹越糟。他小心地环顾四周,一张面孔看过一张,看见他们在等待,也看到了至少有一个人为他感到难过。这个男子低声对新工头说了些什么,可是工头还是掉头走开了,把本应属于班的钱吞进他私人的口袋里。

这片工地,这地方。欠了班四十镑。是的,真正的工头在那儿。他站得离其他正在将整捆钢索解开的人不远。班往下走。他看到有一两个人看见他,立刻停下手中的活儿,替他说过好话的那个人对工头说了几句话。班只想拿了钱就跑——他很怕这些人。他只要猛地撞一下手肘,或是甩一巴掌,就可以打倒他们之中任何一个,可是他们可以联手对付他。想到这儿,他忍不住浑身打颤,寒毛直竖。工头站在那儿,思索着,然后半转过身去,掏出了一叠钞票,数了一些拿出来,给了班二十镑。如今他们全都眼睁睁看着他会怎么办,可是他啥事也没做,只是拿了钱走开。然而,他在这儿赚到钱,而且希望还可以再赚一次。但是,如果继续留在这儿做事,他预料到早晚还会有人抢走他的钱,工头也会欺骗他。他在街角转弯,往上走离开工地,看着他们边展开钢索边望着他。他一路向上,避开他们。他去了含羞草之家。电梯寂静无声,因为发生故障了。班蹦蹦跳跳地上了楼梯,内心因为即将见到老妇人而充满了幸福的喜悦。他敲了门,却不见回答。

隔壁有位妇人开了门,说道:"她去看医生了。"班晓得她有小套房的钥匙。她跟老妇人是好朋友,经常看见班进进出出。她为班打开大门,说道:"她的身体很不舒服。我告诉她一定要去看医生,不晓得她必须等多久才能看到医生,不过应该很快就会回来。"

屋内,平常整洁的房间凌乱不堪,好比说床也没铺好。床上的猫从睡梦中惊醒,毛竖得老高。班并没有去冰箱找东西吃:他讨厌食物刚从冰箱拿出来的冰冷味道,而且,他也不想吃光老妇人的食物。他蹲在床上,没理会猫,只是凝视着外面。他在等待鸽子飞到阳台上来。它们通常会飞来。猫也转头观望。他们之间相隔一码,完全没注视对方,却一起等待即将到来的事。阳台门并未上锁,班让它半开着,将狭小的阳台一分为二。然后班和猫都纹风不动。最后终于有一只鸽子从天而降,却停在另一边,安全地站在门后;不久以后,又来了一只,停到这一边……班跳出去,鸟就落入他的手中。他正在拔毛时听到了猫的叫声,每次有鸟在阳台外面或是栏杆上时,它就会发出这个叫声,一声沙哑、饥饿的嘈杂声。班从鸟儿身上撕下一些肉,丢到一旁。猫悄悄出去吃了。血从他们的口中滴下,然后就只剩满天飞舞的羽毛和几滴血迹。猫回屋里去,班也是。那几口肉是不够的,不过真是美味,他的胃口已经满足。他看见猫闭上眼睛:它已经信任他,敢睡了。班贴着猫卷卧在床上。傍晚毕格斯太太回来时,这两个生物正彼此依偎着睡在她的大床上。

她全部看在眼里,阳台上还沾着几根羽毛和血迹,空气中残留陈腐的血腥味,而班和猫的背之间只有几寸之隔。她的身体很不舒服,感觉难过极了,她的心抽痛着。而且她累了:去诊所看医生,挤在满腹牢骚的人群中度过漫长的等待时间,她只拿到了一些药丸。不过她又能够期待什么?——她默默咒骂自己:治好病吗?她把包放在桌上,解下头巾,打开水龙头倒水喝,然后在床边站了一会儿,俯瞰她的老旧大床,看着猫和班。她在床沿躺下,看着阴影投射在天花板上,天黑了。班的睡眠嘈杂不快。猫则像猫应有的整洁和安静。老妇人昏昏沉沉地入睡,感觉心脏痛苦地在身侧跳动着。她醒来,因为班醒了,他的背挤压着她。

"班,"她在漆黑中说,"我不舒服。我要在床上躺一两天,休养一下。"他发出了一个声音,表示我在听。"你拿到出生证明没?"班沉默以对,好像发出一声呜咽。"你有没有见到你母亲?"

"我看见她了,在公园里。"

她已经知道答案,不过还是问了:"你有没有跟她说话?"班挪到她身旁,又呜咽了一声。"班,我真不晓得接下来该怎么办。我很想陪你去那个地方——我告诉过你的,就是要你去申请证明书的地方,可是我人不舒服。"

"我有一些钱。我有二十镑。"

"班,那是维持不了多久的。"他早就知道她会这么说,而且他也同意她的看法。

"我会再去弄点钱回来。"

她没问怎么弄。她听过建筑工地的故事,知道他如何上当受骗。他总是会受骗,可怜的班,她晓得这一点。他也是。

朝阳降临时她并没有下床,反而继续躺在那儿,慢慢地小心地呼吸。她说:"班,我要你去浴室,脱下衣服,自己梳洗。你的味道不太好闻。"

班照着她的吩咐做了。他以前不曾如此彻底地清洗自己,可是他记得她的做法,所以依样画葫芦。但他还是必须穿上脏衣服。

她说:"去衣柜里找你以前穿的衣服。把你身上的新衣服拿到自动洗衣店去洗,等你回来时再换上它们。"

他晓得自动洗衣店。"如果你在床上,我如何进来呢?"

"钥匙在桌上。买点面包,也给你自己买点吃的。班,当心点。"

他晓得她指的是什么,不要偷东西,别让自己被抓进牢里去,要警惕。

他依照她的吩咐做了所有的事。他去一家小店,为她买面包,淡淡的发酵味总是让他感到有点恶心;再为他自己买些肉,还有一罐猫食。这一切他都成功完成了,再开门让自己进来,换上干净的衣服。这时才上午十点左右。

毕格斯太太坐在桌旁,一手抚着胸口。

"班,帮我泡杯茶。"

他照做了。

"再给猫吃点东西。"

他打开他为猫买的罐头,看着它蹲下来吃。

"班,你是个好孩子,"她说。泪水涌上他的眼眶,她听见他发出一种狗吠声,表示他想向她道谢,表达他对那些话语中的爱的感激。除了她以外,他从来没听别人说过。她差点儿就伸手去抚摸他,仿佛他是一条狗似的;他并不是狗,不是那一族的。

她喝了茶,吃了几片吐司,然后又躺下来。她睡着了,猫陪着她。班穿着干净的衣服,充满了精力与幸福感,因为有了那句慈爱的"你是个好孩子"。他并不想睡,但是依然躺在他的蒲团上打盹儿,希望她会醒来;可是她睡了一整夜,一大清早才醒过来。再一次,她要这个要那个,茶、苹果,给猫一碟食物。邻居进来,看见班在那儿端着杯子和盘子进厨房,心里感到安慰,因为她曾对同层住户或在楼梯间见到班的邻人说班的好话。如今她可以说班是来照顾毕格斯太太的了。

床边开了一场小型会议。这位邻居充分明白,老妇人不想起来是件新鲜事儿,可是该由谁来照顾她呢? 毕格斯太太请邻居去替她领养老金,因为她觉得太不舒服了,更满心抱歉地请她处理猫的砂盆。两个女人都明白这件事班做不来:这个念头想都不必想。虽然猫的毛已经平顺,坐着时也不再老是盯着班看。邻居领回毕格斯太太的养老金后,把钱放在桌上,她看着班说:"这点钱还不够她和猫用。"

"他一直在用他的钱买东西给我,"老妇人说。可是他们都清楚状况。

"那就没关系,"邻居说。然后就出去散布消息,说这个雪人像个儿子似的照顾毕格斯太太。

这段时光就这样度过,一段欢乐时光,班这一生中最美好的一段光阴:照顾老妇人,甚至带她的衣服和床单去自助洗衣店,将冷冻食物煮成佳肴喂她——不过多半是他自己吃完的,因为她吃得好少。好景不常,因为不断地花钱,不久就一毛不剩了。如果他想留在那儿陪毕格斯太太和猫,那么他就必须出去弄点儿钱,可是他又不知道上哪儿去筹钱。邻居送来养老金时,小心翼翼地避开了班。班晓得这是一个暗示。老妇人并没有撵他走,只是躺在床上打盹儿,或是坐着打瞌睡。她的手常常捂着胸口,说:"班,我确信,我们都需要喝杯茶。"

他饿了,因为他尽量少吃点。这样的生活无法继续下去。他告诉她,他要出去找工作。她微微一笑。"班,当心点。"她叮咛。然后班就离开了:他在这个世界上已经无家可归了。

他沿着马路走——说得更准确点,是他的脚不知不觉地走上这条路,经过剧院和吃饭的地方——他走在他经常回避的那一边,以前他总是在来到某段禁忌的人行道前就过街。这一回他并没有过街。他站在剧院外,这个地方在吵闹不休、挤满人潮时曾经惊吓过他,接着他又来到空无一人的人行道上,注视着街道上的一扇门,这是他不敢来的地方。现在还是早上,自诩为"超级宇宙出租车行"、如同鸽笼般大小的招呼站还没开张,出租车下午才会进来。组织这些出租车的那个家伙,总是站在招呼站外面,说:"带他们去坎伯威尔区、瑞士别墅、诺丁山……"他也还没来。班怕的就是这个男人。正是他告诉班:"滚,不要回来。"他的名字叫做詹士顿,他是丽姐的朋友。

几星期前,毕格斯太太在超市发现他以前,他也来过这段人行道,像平常一样提防着麻烦,他就是那时在那扇门口见到这个女人——就是超级宇宙出租车行旁的那一扇门。

她冲着他嫣然一笑。他跟随着这个笑容,尾随在她身后走上狭窄的楼梯,进了一间房间,跟记忆中的家相比,十分丑陋。以前他曾有个家,跟母亲住在一起。这个女人,其实只是一个女孩儿,化了妆,还有大大的黑眼圈,让她看起来比实际年龄老多了,她站着面对他,一手放在他皮带上,准备解开。她问:"多久?"

班完全听不懂她指的是什么,只是咧嘴作笑地站着——这是他害怕时的笑容,不是友善的那一种——没有回答。

"口交十镑,全套四十。"

"我没有钱。"班说。

她走过来,把手伸进他的口袋,一手一边,这是出于气急败坏而非真的期望找到钱,这名顾客实在太荒唐了。在这一刹那,班的性欲本能——平常压抑下来的欲望,突然像其他不可容许的饥渴一样浮了上来。他抓住她的肩膀,将她的身子转过去,牢牢地抓着她,把她弯向前,使她不得不用双手撑着床面。他一手掀起她的裙子,扯下她的内裤,从后面上她,短暂、激烈而狂暴。他的牙齿咬着她的脖子,射精时他发出了咕哝一声的狗叫声,这是她从来没听过的。

他放开她,她站起来,将脸上的浅色头发甩开,站着注视他的脸,再往上瞧他的大腿,那双毛茸茸的大腿。对于这样茂密的毛发,她并非全然陌生——她跟詹士顿开过玩笑,说有些来找她的男人简直像黑猩猩——不过,她似乎想从那双强壮的毛茸茸大腿上看出,这名顾客为何如此与众不同。那个疑问与视察没有敌意,但是有某种东西,让他再度抓住她,将她弯向前,又再次开始。他对性感到饥渴,已经渴望很久了,他好似不是刚刚才结束第一回合,牙齿又咬进她的颈部,她又听见胜利的欢呼声。

"等一下,"她说,"一下子就好。"

她将他推坐在床上,她则坐在椅子上,面对着他。她需要时间。这次经验——相当于一次强暴——本该令她生气,并且感到不屑,她对客人通常都有这种感觉;可是二度强暴,那双抓着她的肩头强而有力的手掌,咬在她脖子上的牙齿,尤其是像咆哮的吼叫,她对这些感到兴奋。她坐在那儿感觉他的牙齿咬过的地方,可是找不到伤痕。她从手提袋中拿出一面小镜子,伸长脖子看清楚——没有破皮,只是淤血了,詹士顿一定会追问的。

班想躺在那张狭窄的床上,躺在她身旁入睡。他努力地想,当他做那群人人忌惮的坏孩子的孩子王时,同伴中也有女孩子,其中有一个喜欢他。她曾经努力想改变他,老说:"可是班,咱们试试这个方式,转过来,你的做法不好,像野兽。"他的确努力过,就是做不到她的要求,因为当他用她的方式跟她面对面时,想去占有和支配的狂暴需求却沉寂了。如果是——如果想做的话,就必须用他的方式,不久她就因此厌恶甚至痛恨他了。在尝试过几次后她就不肯再见他,女孩间开始传说班有点古怪,有什么地方不对劲。

跟这个女孩——丽妲——在一起,他晓得她喜欢他,而且喜欢他所做的事。

一声铃响,或者该说是从墙壁传来的嗡嗡声。这是客人上门的信号,表示詹十顿在楼下,掌控一切。她起身,按下开门铃,对班说:"你得走了。"

"为什么?"他问。他完全不懂,只晓得她喜欢他。

"因为我说你得走,"她好像在跟孩子说话似的,心想,她可从来不曾跟客人这么说话。"走吧。"然后又补充,"如果你喜欢的话,可以再来——提醒你,早上。"她将他推出门外,他走下丑陋的楼梯,拉上裤子的拉链,就像男人常常做的那样。

人行道上有位长相粗鲁的高大男子,目光锐利地打量了他一眼,然后又瞄了一眼——人们总会看第二眼。

那是他第一次拜访丽妲,第二天早上他又去了。同时,她也跟詹士顿说起了他。他们在深夜所有迷你出租车生意结束后,一起躺在她的床上抽烟。他是她的保镖,分一杯羹,但是并不爱吃醋,甚至用一种随和而漫不经心的方式对她好。他检查过她脖子上的淤痕:齿痕清晰可见。他已经听说了这段性交的细节描述。这是因为她想谈,他通常都没什么兴趣。她告诉过他,这不像跟男人在一起,比较像动物。

"你晓得,像狗。"

"可是你喜欢他。"詹士顿这么说,所以她应该留意,同时记住他晓得。她仿佛感觉到了什么。她相信那不是忌妒,更像好奇。

第二次就像第一次一样。这回他只做了一次,她感到失望,不过她几乎无法承认这一点,因为她向来坚信顾客只会带给她冷感。那胜利的呼喊就在她的头顶上,在那双巨大多毛的手中她感到无助,穿刺的强度——呃,它令她感到兴奋,可是太短暂了。她如此告诉他。这可不像女学生告诉他要面对面躺着,然后接吻。他明白她在说什么,至少他的心知道,所以他脱了裤子,允许她来操纵他。由于这个举动紧随在第一次之后,他勉强跟上,并倾听她的叫床声,兼具好奇与惊奇。他很满意自己可以取悦她。

同时,他身上一毛钱也没有,连他最喜爱的汉堡也买不起。她给他足够的钱吃东西。当时是夏天,晚上他就找张长板凳或在走廊过夜。她强迫他在她的小浴室里洗澡,替他刮胡子。这种日子持续了一个月左右,然后詹士顿发现她给他钱,便说:"够了,丽。"

丽姐对班和他的动物式性爱上了瘾,不想停止。她告诉一位邻街的妓女关于班的事,她把班带到另一间陋室,像丽姐做的一样。这个女人也喜欢班的做法,虽然他宁可跟丽姐在一起,她也给了他几镑,酬谢他的服侍。可是她的保镖或男人不像詹士顿那么好说话,他发现以后,便告诉她不可以再让班接近她。詹士顿和他很熟,他们合力警告并威胁班。

所以班就不再去找丽姐。如果他经过这条街,总是谨慎地走在对面;如果他看到丽姐,就连忙躲开。他倒不是怕挨揍,他确信他应付得了詹士顿和另一个男人,即使他们联手对付他也无所谓。他怕的是惹人注目,招来他人的注意,那是他绝对不能做的事。

一个星期后,毕格斯太太在超级市场遇见他。

如今,这里是世界上他所能去的另一个地方,而且可以受到笑脸相迎。他强迫自己穿过小小的街道,经过超级宇宙出租车行,走上那段阶梯,门锁上了。他学会敲门,因为她屋里可能有别人在。可是此刻他发出吼叫,像一只怒吼的公牛。门立刻打开,她将他拉进去,甩上房门,并且锁上。

丽妲很生气詹士顿把班赶走。她提醒他,他们的协议是她可以让客人取悦她。她给班的只是小钱,跟她一天赚到的收入相比只是九牛一毛。如果这件事再度发生,他最好小心点。詹士顿晓得这可不是无效的威胁。詹士顿不只做出租车生意而已,她晓得他在干什么勾当,或者自以为她知道。只要她向警方通风报信,她顶多被惩罚,反正,警方也知道她。她的顾客当中就有条子。詹士顿信任她,曾经不小心向她透露了太多内情。丽妲,如果不是出了名的好心肠,至少也通情达理、精明、重感情,而且会给他好建议。

进丽妲的房间不到一分钟,他们就性交了,他就像一头饥饿的野兽。然后,他想起了她的要求,立刻又做了一次,好让她得到乐趣。接着她拉着他一起倒在床上,问:"班,你上哪儿去了?"

"他说我不可以来这儿。"

"可是我说你可以来,早上的时候。"

一切又重新开始。他每天早上过来,她给他足够的饭钱。詹士顿又逼问她,"丽,你为何喜欢他?我不懂。"

她也不懂,虽然她常常想起班。她不是一个受过教育的年轻女人或女孩,因为她其实还不满十八岁,比班小一点,但是他们之间尚未提及年龄这个话题。她以为他大概三十五岁左右:她晓得自己喜欢老一点的男人。

他们有一个共通点,就是两人都有过一段艰辛的童年,虽然他们并不晓得这一点。她辍学逃离恶劣的父母来伦敦讨生活,偷过钱,做过扒手,后来游说出租车行楼上这间小套房的房东,在前一个女孩离开时,把房间租给她。她很会说话,懂得如何打动人心。她早就知道她通常都能予取予求。她见识过形形色色的人,但是没有一个像班这样的。他超出了她听说过的,或在电视上看过的,或从经验中知道的一切。当她第一次见到他全身赤裸时,她心想:哇!那不是人类。倒不是他全身毛茸茸的,而是他站立的模样,他弯曲的宽大肩膀,那副像圆桶似的胸部,垂悬的拳头,双脚牢牢叉开站着……她从来没见过像他这样的人。还有,他射精时所发出的吠声或咕噜咆哮,以及他睡梦中的呜咽。然而,他如果不是人类,那么又是什么？一个有人性的野兽,她下结论;然后又跟自己开玩笑,唉,我们不都是如此吗？

詹士顿没有再干涉,他在等待某个机会,好让事情扭转成对他有利的局面。机会来了。班请丽妲陪他去"申请出生证明的地方"。熟悉临时工作世界的丽妲问他为何不试着"打零工",建筑工地的故事才曝光。她的第一个反应是,如果有任何人欺负了班,那么詹士顿一定可以替他出口气,可是又晓得这是不可能的。她问班,他是从哪儿得到一定要出生证明这个念头的,才听到老妇人的故事,班说老妇人告诉他这可以帮他领失业救济金。"然后呢？"丽妲问,她真的很好奇,在那个满头乱发的脑袋瓜里究竟酝酿着何等多余的合法计划。

跟詹士顿聊天时,丽妲提起班想要一张出生证明,好拿它得到正当工作或失业津贴。詹士顿看到了他所等待的机会。下一次班从丽妲的房间出来时,詹士顿拦下了他,并对他说:"我想跟你谈谈。"班退缩时拳头已经握紧。"不是,我不是要警告你离开丽姐,我可以帮你申请你要的证件。"

詹士顿带他上楼进丽姐的房间,这是他们三人头一次齐聚在那间小房间里。詹士顿和丽姐并肩坐在床上抽烟;班则坐立不安地坐在椅子上等待,纳闷这是不是一个陷阱,是不是丽姐出卖了他。他努力想搞清楚。

"如果有一本护照,你就不需要出生证明。"詹士顿说。

班晓得护照是人们带出国的证件。以前父亲曾经带其他小孩去法国旅行,他跟母亲留在家里。他不能跟他们一起去,因为他没办法像他们一样守规矩。

他说他不想去任何地方,只要一张证明好带去那间办公室——他描述了那个地方,办事员都坐在玻璃墙后面,前面则排满了好几行人,等着领钱。他花了好长的时间才听懂詹士顿的意思。詹士顿可以从"一个做护照的朋友"那儿弄一本护照来;而他,班,为了回报,则要帮詹士顿带点东西去法国给另一个朋友,大概去尼斯或马赛。

"然后我就可以回来吗?"

詹士顿可无意鼓励班回来。他说:"你可以在那儿待一阵子,好好享受一下。"

班从丽姐的脸色看得出来,她不喜欢这个点子,虽然她没说什么。想到他可以拥有一份证件,放在口袋里,也可以拿给警察或建筑工地的工头看,这个念头打动了班。他跟着詹士顿去地下铁照相,拍出了五张小照片,全部被詹士顿带走了。班拿到护照时吃了一惊。上面说:班·骆维特,他三十五岁,是一个电影演员,他家的住址在苏格兰某处。詹士顿打算替他保管这本护照"以策安全",可是班要拿去给老妇人看,他说会立刻把它带回来。

当他站在毕格斯太太门外时,他晓得这个地方已经空无一人了:他感觉得到里面已经没有人气。他没有敲门,反而直接去敲了邻居的门,听到猫喵了一声。他必须再敲一次,这回她终于来开门,一看见他,就连忙说:"毕格斯太太住院了。我收养了她的猫。"班转身走下楼梯,她才说:"班,她会喜欢你去看她的。"

他突然像一只惊弓之鸟:医院是他最害怕的地方,一大幢建筑,充满了闹哄哄的嘈杂声与人潮,对他来说有危险。他还记得以前跟母亲去看医生的情形,他们个个脸上都带着那种表情。邻居晓得他很害怕。她跟毕格斯太太谈过班,老太太晓得要他过平常人的生活有多么困难,比方,班宁可走楼梯,因为电梯吓坏了他。

她和蔼地说:"班,别担心,我会告诉她你来看过她。"然后她说:"等一下……"就消失在门后,留他一个人站在那儿,不久她带了十镑钞票回来,把它塞进他胸前的口袋。"班,好好照顾你自己。"她说,就像老妇人那样疼爱他。

班走回丽妲的住处,心中想着有些人对他很好——那是他的说法——真心对待他,没有不喜欢他,他们仿佛拿他当自己人看待,感觉上就是这样。丽妲呢?是的,她很和善,很同情他。但是詹士顿不是,他是个敌人。然而,班的口袋里却有一本护照,上面有他的名字,还有一个身份。他是班·骆维特,英国人,到目前为止,英国只是几个字,一个声音,没有什么真实感。如今他却觉得好像有双手臂搂着他。

在班离开这段期间,丽妲和詹士顿一直在争吵。她说她不喜欢这个主意,不喜欢詹士顿对班所做的事。他在法国会发生什么事?他又不会说法语。他在这里都只能勉强应付而已。詹士顿结束争论的方法是说:"你难道看不出来吗?丽,他早晚会被关进铁窗里的。"他指的是监牢,可是丽妲听出了言外之意,其实詹士顿在一次关于班的讨论中早就提过:早晚有一天,科学家会把班抓去做研究的。丽妲对着詹士顿尖叫,说他太残酷了。她坚持班很善良,只是跟其他人有点不同罢了。

班回到丽姐的房间时打断了这场争吵。他们俩心里想的都是"铁窗"这个字眼,都想着牢笼。詹士顿才不在乎这个怪胎发生什么事,可是丽姐却哭了。如果"他们"把班抓进牢笼去,他会咆哮、尖叫和吼叫,他们就会打他或对他下药,哦,是的,她知道生活、人心,还有未来会是如何。

班手持护照坐着,不情愿把它还给詹士顿,只能暗地里透过深色眉毛打量他们,他晓得他们方才是在为他争吵。在家里,他们随时都在为他起冲突。可是比这份冲突气氛更令他忧虑的是房内杂陈的气味。其中有她女性的味道,这他不介意,是詹士顿身上散发出来的气味让他想打一架或逃走。那是一种强烈的、危险的男性气味,每当詹士顿站在楼下人行道,或是在楼梯间倾听、查看丽姐时,班总是知道。空气中弥漫着好几种化学气味的痕迹,跟人类的是如此不同,就像汽车废气和从外卖餐馆飘散到人行道的肉味大不相同一样。他想站起来走人,但晓得在事情解决之前不能一走了之。丽姐正试着阻止詹士顿进行某件事。

丽姐对詹士顿说,他应该试着帮班找份工作,并"关照他"。

"意思是?"

"你了解我的意思。"

"我无法阻止别人在黑夜里绊倒他,或者把他推到巴士前。丽,他让人不安。你晓得的。"

"或许他可以当你手下的出租车司机?"

"哦,少来,你在做梦。"

丽姐把班手中的护照拿走,把它收进抽屉里,说她会保管它。他们一起下楼去车子那儿,那些出租车分散在停好的其他汽车之间。

"上车。"詹士顿打开车门对班说。班看看丽姐——可以吗?——她点点头。班坐上驾驶座,脸上立刻洋溢着喜悦,兴高采烈。他心里想的是他生命中的喜悦之一——巨大闪亮及咆哮加速的机车,在他所知道的事物中那是前所未见的。他坐在方向盘后,双手操纵着它,东转转西转转,口中发出像喇叭的叭叭声,乐不可支。

詹士顿用肩膀推了丽姐一下,把她拉进这一幕里,让她站在驾驶座旁。他要丽姐亲眼目睹,她看到了。

"班,现在转动钥匙。"他说。

他并没有向班指出钥匙的位置,班转向丽姐,寻求指示。丽姐弯腰用手碰碰钥匙。

班胡乱转动它,车子咔咔响一两声后,就熄火了,再转动,引擎发动了,可是发出隆隆、咔咔响后又熄火了。那是一部引擎嘈杂、价钱便宜的三手或四手破车,属于一位为了偷车几度进出监狱的司机。

"再试一次。"丽姐说。她的声音真的在发抖,因为她正在想,哦,可怜的班,他就像个三岁小孩,而她竟然愚蠢到相信他可以学会这项差事。班毛茸茸的拳头握住钥匙,摇了一下,车子就发动了,现在班开始比手画脚表演换挡,因为他晓得这是必须做的事,但这是一部自动档车。

"现在,"詹士顿说着靠过来,指着排挡杆说,"我来教你怎么用那个东西。"他一次又一次地做。"你把旁边的钮按下,懂了吗?然后放开刹车。现在做一遍吧。还要留意,看看有没有车子朝这儿来。"这一切都很可笑:班不懂,也做不到。他只是握紧拳头,看着詹士顿的手,把手拉回来,然后推向刹车附近,可是他不是真的在做,因为他不会。恰如詹士顿早就料到的一样。

丽姐哭了。詹士顿在窗边站直,打开车门,对班说:"下车。"班虽然不愿意,还是乖乖地下车;他很想继续坐在那儿假扮司机。丽姐告诉詹士顿:"你很残酷,我不喜欢这样。"她走进自己的门口,既未看他也没看班。詹士顿假装去小办公室找事做,虽然没有半个乘客上门;班则尾随丽姐上楼。

楼上现在空气好多了,少了詹士顿强烈的气味,只留下记忆。

丽姐对班说:"如果你不愿意,哪儿都不必去。"她听起来闷闷不乐,有点儿生气,因为她气自己居然哭了。她不喜欢示弱,尤其是在詹士顿面前。

"班,坐下,"她说。他坐在椅子上;她则化妆掩饰泪痕,涂上黑色和绿色眼影,让它们显得好大,这样客人才不会注意她的脸蛋儿。她既不漂亮,又苍白,甚至惨白,因为她向来不太健康。

"护照上为什么说我是一个电影演员?"

丽姐被难以解释的困难打败了,只是摇摇头。她晓得他没看过电影,她也可以设身处地了解现实对他来说太难了,假装只会让事情更加复杂,那是他承受不起的。她并不晓得是戏院的建筑本身吓坏了他:里面暗暗的,一排排的椅子,谁都可能坐在上面,高而亮的银幕刺伤了他的眼睛。

其实她很感动詹士顿安排让"他的朋友"在护照上放上演员这个头衔。演员不需要整天工作,他们常常游手好闲。她的客人当中就有演员:失业对他们来说不是危机,虽然可能是个忧虑。班看起来是与众不同,不过你不会对热门明星和演员的荒诞不经大惊小怪。没错,这是个聪明的策略。在一群电影明星或音乐人的场景中,班并不会太惹人注目。可是詹士顿究竟在打什么主意?她晓得无论是什么,绝对不是好事。

然而,她是一定得帮班做点事。现在已是夏末,秋天很快就要来临,接着就是冬天。班已经在他最喜欢的长板凳上被警方驱逐过两次。冬天他该怎么办?警察认得他,所有无家可归的游民和落魄潦倒的穷人也都认得他。詹士顿或许是对的:丽姐没去过法国,不过她去过西班牙和希腊,想象得到班在西班牙酒吧或希腊小餐馆肯定比在伦敦的酒馆自在多了。可是她很清楚,詹士顿关心的可不是班的福祉。

那一夜,她的最后一个客人走后,出租车司机也都回家了,时间已是凌晨而非午夜,班蹲在柯芬园门口过夜。她问詹士顿打算要班做什么,当她知道后非常生气,忍不住伸手打詹士顿。他却抓住她的拳头说:"闭嘴。这一招会奏效的,你等着看吧。"

詹士顿计划让班带可卡因——"很多,丽,好几百万。"——去尼斯,毫不隐藏,公然放在行李箱内,藏在层层的衣服下面。"丽,你难道不懂吗?班是如此与众不同,便衣警察会忙着去研究他,不会有时间顾及其他的。"

"等他到那儿以后呢?"

"你何必在乎?他是你什么人?他对你来说不过是个废物而已。"

"我很同情他。我不要他受到伤害。"

这就是之前交换意见时,"铁窗"这个字眼出现的地方。如今"铁窗"阴影即将再度笼罩。

"他应付不了飞机,他应付不了行李,在一个人人都不说英语的地方他该怎么办?"

"丽,这些我都设想周全了。"他把计划的细节详细说了一遍。

丽姐不得不承认詹士顿的确考虑得很周全,深深打动了她。可是,假设计划成功了,班却会独自流落在外国。

"我不要他一直逗留在这儿,人们会注意他。警察早就想找借口要我们歇业,他们不喜欢出租车在这儿出没。我一直告诉他们,你们或许不喜欢我们,可是大众喜欢呀。如果有停车位的话,我的出租车生意还可以好两倍。班就好像一个大布告栏,摆明了'麻烦在此'。我也好怕他会再打一架。有个出租车司机不知说了他什么,班就把他打倒。"

"他说了什么?"

"他说班是一只毛茸茸的大猩猩。我阻止了打斗。可是——丽,我要你了解。"

丽姐不得不承认这一切的合理性。可是还有别的:詹士顿在吃醋。"真好玩,"她说,"你以前从来没吃过任何人的醋,可是你竟然吃他的醋。"

他不喜欢这一点,可是终于咧嘴笑笑,但心里并不愉快,他说:"呃,我比不上他,是吗?无法跟一只毛茸茸的大猩猩相比?"

"他可不只如此而已。"

"听着,丽,我不在乎。我受够他了。"

詹士顿的计划从带班去一流的商店开始,买上好的衣服,不再穿义卖商店的二手衣物。买牛仔裤、西装裤、内衣裤——那还容易;可是那双肩膀,那副胸膛,还有壮硕的双臂——到头来詹士顿决定找一位专门量身定做的裁缝,为他定做几件合身的衬衫和西装外套。

"那些总共要花多少钱?"

"我告诉过你,这里面牵扯的是几百万的买卖。"

"做梦。"

"咱们走着瞧。"

接下来,班又被带到理发厅去。他真希望老妇人可以见到他现在的模样:她早就说过他会很好看,他也晓得他以前好看过。理发师对班头顶的双旋涡惊呼不已,可是等他剪完后还有谁会注意呢?

詹士顿带班搭乘小飞机在伦敦上空盘旋了一趟,让他习惯飞行。起初班往下看时,吓得眼珠乱翻,发出恐惧的咆哮。可是詹士顿就坐在他身旁,他的举止好像一切都很正常,而且他说:"班,你看,你有没有看到那个? 那是一条河流,你认识那条河。你瞧,那是柯芬园。那儿是查令十字路。"班全都看懂了,还告诉了丽姐。"我什么时候可以再坐一次?"他想知道。

"你会再坐一次的,换一架大飞机。很快的。"

然后,她心想,我大概再也见不到你了……她很喜欢他,是真的喜欢他……她会想念他……她允许,不,是主动索求,好几次欲死欲仙的性交,是她从未体验过的……她很清楚,这些在他的本性里是不可能温柔的……那些短暂激烈的占有跟几秒后发生的事之间毫无关联,就好像什么事都没发生过似的。然而,有一回她让他留下来过夜,他在睡梦中用鼻子嗅她,那张毛茸茸的脸凑进她的脖子旁,舔了她的脸和颈部。她猜想他很喜欢她。他问她,她是不是也要去法国,可是当他说起法国时,他心里究竟在想什么?

"班,就跟这儿一样,"她试图向他解释,"不过,那儿有很美的蓝色海洋。你晓得什么是海吗?"

是的,他晓得,他记得小时候跟家人去过海边。

"呃,那么,就像那样。像这儿,只不过离海很近。"她找到几张尼斯的明信片,有着那段海岸,他对着它们苦思:她晓得他并没有看到她所看到的,她也没提那儿说的是不同的语言。

丽妲盛装打扮,穿着黑色皮衣和黑色网袜,倚在门口吊凯子,她看着詹士顿招呼乘客上车,指挥司机。这是这条人行道平常从中午到午夜十二点或凌晨一点,人们从剧院或餐馆出来时常见的情景。就在这时,她看见一个长相凶恶的人走向詹士顿,面对他。她晓得,詹士顿怕了。在她的经验里,麻烦都是这样开始的:一个不晓得打哪儿蹦出来的人,带着某种不怀好意的表情,好似在说,"小心!"然后就出事了。这个男人离开时,她看见詹士顿浑身直冒冷汗,倚在办公室柜台旁,很快灌了几口放在那里的酒。然后他就看到她,理解她的关心,说:"丽,咱们得谈谈。"

那一夜她确认从街上通往她房间的大门上了锁,才邀请詹士顿上楼。她躺在床上,垫着枕头,一脚悬在床下——这是她发展出来让客人兴奋的姿势——抽烟,看着詹士顿在椅子上局促不安。他也在抽烟,而且频频猛灌好几口威士忌。缭绕的烟雾让她咳嗽。

她晓得他大部分的故事。十四岁那年他逃离一个问题家庭,在少年感化院待了一阵子,后来又过了一段苦日子,以冒充顾客进商店行窃为生,在牢里服刑一年。出狱后,他有一阵子改邪归正,可是暴力抢劫的罪行再度将他送回牢里。五年前他刑满出狱,运用了在监牢里学到的技术,以及他在犯罪圈里的知名度,利用财力及权力追求利益,起初只是钻法律漏洞,后来却越陷越深,涉及了一堆骗局,也就越来越危险。小型出租车的生意做得很不错,不过这只是表面上的招牌。她一点儿也不讶异他惹上了麻烦,当他说"丽,我中圈套了"时,她还以为他只是欠了一两笔债,或许只是个恐吓。可是现在,他开始告诉她详情,开口前先猛灌一大口威士忌来壮胆——他有点儿醉了——她爬起来坐在床沿边,直视着他。

"你在说什么?你想告诉我什么?"

他曾经被一个有相当社会地位的人士游说,到证券交易所试试运气做期货。这位朋友说,你不会有损失的,只要你的头脑保持清醒,就有钱赚。呃,他们是保住了脑袋,但是可保不住钱。

"你是说你亏了一百万英镑?"

"丽,那还不算什么。对那个家伙来说,一百万不算什么。"

"可是,对你来说那可是一大笔钱呀。"

"没错。"他说着又喝了一口酒。

"那么。你是怕再回去坐牢?"

"对。如果我无法筹到一笔现金,下场大概就是如此。"

"咱们把这件事情弄清楚。是你赔了一百万,还是两个人加起来一百万?"

"他赔得还更多,他陷得比我更深。他其实帮了我一个忙,他让我入股,可是现在如果我不给他一百万,他就要告我,我将会完蛋。"

她再度躺下,咳了几声。"该死的空气污染,"她说,"有时这个房间充满了街上的臭气,我几乎无法呼吸。"如此一来,香烟缭绕的烟雾就被轻易地辩解了,她又点了一根,也扔了一根给詹士顿。

"好吧,"她说,"可是如果你没有做成这笔可卡因生意,或是让他们逮到,你还是一样完蛋。说不定连命都没了。"

"没错,可是我一定行得通的。"

"所以在你赚钱之前,你就必须先还一百万?"

"等货送到尼斯,这一百万就付清了,其余的就是我的了。"

"没有班的份?"

"哦,我不会亏待他的。"

"那我呢?"她问,"我不用冒任何危险吗?"

"丽,你并不晓得那些箱子里面装了什么。我一定会办妥这一点的。"

"当他们逮住班,问他东西是打哪儿来的时,他会扯出我。因为他跟我比跟你熟,而且他信任我,所以他会说是我。"

一阵沉默。

"可是他晓得他是在帮我带东西去法国给一个朋友。"

一阵沉默。

"是帮我,丽。"

"可是我也牵扯在内了,不是吗?班知道得不够多,无法圆谎。我们不能指望他,他会说是你跟我。"

詹士顿快刀斩乱麻,说:"告诉我一件事。丽,你有什么盘算?你不喜欢这种生活,我听你这么说过,对不对?好,这件事你帮我,我保证让你永远脱离这种生活。"

"你不会亏待我,像对待班一样?"

现在詹士顿凑向前,挥散笼罩的烟雾,真心地对她说,这一点她看得清清楚楚。"听着,你跟我一起一路走来有多久了,丽?三年?我从来没让你失望,呃,有吗?"

"没有,你没有。"

"好,那你说呢?"

他继续向前倾,带着醉意,不顾一切地恳求,红通通的眼睛湿润了。那究竟是被烟雾熏出来的,还是真的泪水?

"这真是一场赌博,"她说,"你是在冒大险。"

"我必须如此,丽。只要能逃过这一次,我这一辈子都自由了。"

她再度躺下来,这一回两腿伸得直直的,她瞧着他,心想她不晓得他们两个当中哪一个让她比较难过,是詹士顿呢,还是班?她晓得詹士顿的本性比他本人还好——她晓得,因为她自己也是如此。而且他有亨佛莱·鲍嘉的长相,有能力打动他人——呃,大部分时间他都行,至少有一点点魅力,不过此刻他又醉又蠢的。至于班,无辜被扯进这么大的危险中来拯救詹士顿。可是想到这儿,此刻认真想来,她欠詹士顿的还是多过班。她猜她大概可以说,詹士顿是她的男人:毕竟,她没有别人。他向来对她很好,这也是实话。他说的没错,她痛恨这种生活,有好几回都想要自我了结。"最好在某个性变态对我下手前自我了结。"反正,她也晓得她大概撑不了多久了。她的身体不好,皮肤很差。她的头发没有染成金发时,是一团凌乱的粗糙黑发;你只要触摸它一下就晓得她有病。她没化妆、没有盛装打扮来物色顾客时,只要瞧瞧镜中的自己,总是连忙涂上脂粉。

如今她想,也罢!假设他们真的逮到班,因而追查到我,也不会比目前的生活更糟。她下定决心竭尽所能帮助詹士顿。

接下来,詹士顿带着班演练在机场可能发生的一切。等他结束后,丽妲一遍又一遍地帮他复习。

凡事都要仰仗詹士顿的朋友——"我在牢里认识他的,丽,他没问题。"他会跟班一起进机场,上飞机,然后陪他去尼斯,从旁照顾他。

"你付他多少钱?"

"不少。当你把一切加起来——为班买的衣服、行李、飞机旅费、护照——一开始是一百镑,还有联络人李察和旅馆费。不过即便如此,所有的开销跟我们的利润比起来只是九牛一毛而已。"

"呃,只要不要还没拿到钱就先花光就好。"

"听着,丽,我知道你认为我很笨,不过这一次会成功的,你等着瞧。"

"不过是靠运气罢了。"丽妲说,"他们有专门闻气味的警犬,还会检查行李。"

"有时会。不过有一大批游客去尼斯,他们不会个个都查的。法国便衣警察也是如此。他们会监视哥伦比亚或远东去的航班,不会注意伦敦来的无害的小飞机。"

有件事丽妲不晓得。计划中有三个箱子:一箱很大,塞满了一包包的可卡因,上面盖一层衣服;另一箱装着班的东西,这两箱都会在机场柜台托运;还有一件要随身带上飞机。当丽妲听到詹士顿打算要在这一件随身行李中也装满致命的毒品,大概是海洛因时,她失声尖叫,破口大骂,甚至动手攻击他,他不得不抓住她的拳头。丽妲说:"你晓得他们会随机抽样,挑行李检查,他们也可能选中班的随身行李。"他安抚她并且答应她,如果她对这件事感到太不放心,他就不做,其实他并没有遵守诺言:班后来还是带着这件危险行李上了飞机。

"这整件事都是疯狂的,"丽妲不断地说,"可怜的班——我觉得这好残酷。只要想象一下他在牢里的情形就晓得。"

"就因为他太怪异了,所以这个计划一定会成功。"

它的确成功了。有一阵子,詹士顿和丽妲实在无法相信事情的改变有多大;他们如今的环境,以及他们可能落入的下场,宛如天壤之别。詹士顿没有笨到让大笔数目的金钱出现在银行账户内,不过接下来几个月大笔大笔的钱还是迂回地转到他的手里。他给丽妲足够的钱在布莱顿买了一家餐厅,经营得不错。她本来可以嫁人,却没有。有时候詹士顿会来探望她,对他俩来说,这些会面珍贵无比,因为只有他们才明白,彼此是何等惊险才逃过牢狱之灾与罪犯生涯的。

詹士顿在一个电视节目上看到,要向家道中落(而且肯定愤世嫉俗?)的贵族买一个头衔和土地是何等容易,这笔数目如今他根本不看在眼里。他做了这件事,成了庄园领主,可是不久就后悔了,确信自己犯了一个错误。他不喜欢无所事事,所以又成为一家非常高级的租车公司老板,专门在伦敦帮富翁和名人开车,并且雇用过去社会阶层比他高的那种人。他享受生活和他喜爱的劳斯莱斯及奔驰汽车,以及有教养的社会地位。等他有了小孩,都把他们送去一流的私立学校。所以你可以说,我们这部分的故事有个快乐的结局。

在这场大赌注的早上,班由丽妲帮忙——詹士顿监督——穿上专门定做的衬衫和高级西装外套。当詹士顿把班送上其中一辆迷你出租车,交代司机时,丽妲哭了。班说的最后一句话是:"我什么时候回家来呢?""再看吧。"詹士顿回答;丽姐别过脸去,不让班见到她内疚的面孔。

班被载到希索罗机场去,一路上有点晕车。司机把车停在临时停车场,找了一辆手推车放行李:一件黑的,一件红的,一件蓝的。他把班带到头等舱报到柜台,递上班的护照,再拿回护照跟登机证;当班被问及有没有带任何违禁品,是不是自己打包行李时,司机又用手肘轻轻推推班。丽姐一再重复告诉他,他必须回答他是自己整理行李的。犹豫了一下,他就记起来了。柜台的女孩瞄到护照上注明的"电影演员",因此在处理他的行李和登机证时一直盯着他瞧。这个凝视并没有让班感到不安,他已经习惯了。这名尼日利亚的司机,多收了好大一笔小费,陪着班走到快速通关口,把蓝色那一件手提行李、护照和登机证交给班,并告诉他:"从那儿通过。"当班犹豫不前时,他轻轻推一下班,并且站在后面看着他走,他好回去向詹士顿报告。

现在只剩下班一个人了,他感到害怕,心里拼命想着他必须记住的一切。他把登机证秀给机场官员看,对方瞄了一下,又盯着他瞧,直到后面又来了一位旅客。现在是困难的时刻,丽姐和詹士顿一再告诉他该怎么办。前面会有一种黑盒子,开口处有东西垂下来。他必须走到那儿,把他的行李箱放在那个架子上。行李会被拖进去消失,他必须找金属拱门,走近,等候指示通过它,然后就会有个男人来搜他的身,摸他的口袋和大腿。班曾经问过:"为什么?"他们说:"只是要确认你没事。""枪"这个字眼铁定会吓坏他。这是丽姐最害怕的部分,因为她晓得班的身体被触碰时的反应是何等难测。

班看到机器就在前面,它看起来似乎很可怕,他好想跑掉。但是他晓得他必须前进。没人在一旁等来帮他。他无助地拎着行李站在那儿,直到后面有个男人说:"把它放在那儿——瞧。"看到班没动静,他拿起箱子放进机器内。由于班犹豫不前,这位不知名的帮手走到他前面,率先进了拱门,所以班就知道他该怎么办了。

同一时间,他的行李正在通过 X 光检查。在第一层衣服下面,在用纸包裹的可怕白粉之间,塞了卫浴用品、剪刀、指甲锉、指甲刀、剃刀——全部是金属,都会显示在荧幕上。可是这是关键时刻,厄运可能会降临在班的头上以及他们的头上——除非班记得,在接受审问的时候,永远不可以说出丽姐和詹士顿的名字。

如果说负责 X 光机器的女孩尽忠职守、专心致志的话，那位应该搜查班的官员却几乎完全没有触碰他。他盯着那双肩膀和大胸膛，心想：我的天啊！这究竟是什么东西？班咧嘴作笑着。这是出于恐惧，可是这名官员看见的却是一个名人习惯被认出来的笑容——他见过很多名人。他要是伸手接近班，就会发现他浑身颤抖，汗流浃背，全身冰冷；可是他只是挥挥手，让班通过。现在班必须记住要去机器的出口取回行李。他并不晓得这是他最危险的时刻：他们并未用危险字眼告诉他该怎么做。可是幸运再度降临："这是您的行李吗，先生？"话并不是冲着班说的，而是对着他后面的男士。班站在那儿笑笑，然后，终于明白在他身边轻轻摇动的蓝色箱子是他的，他记起了指示，提起它向前走……他有点茫然，目眩并感到恶心和寒冷。这间大厅充斥着灯光、人潮、商店，五颜六色，闹哄哄的——这些都会吓着他，可是他晓得他必须记住……就在他几乎发出无助的呜咽时，他看到前方有个男人在柜台后面挥手示意，要他向前出示护照——它就在他手中。它是怎么跑到这儿来的？他想不起来了……可是这名官员只是瞄瞄它又看看班。他心里想的是：如果他是个电影明星，那么为什么我从来没看过他主演的电影?

如今班就站在查验护照柜台的队伍中,他不晓得接下来该做些什么。他们告诉过他,到时候自然会有人来找他——詹士顿的朋友,喔,他来了,一个年轻人正向前赶来,班的脸上出现惶恐的眼神。

就在此时,发生了某件事前没有料到的事。詹士顿若是在一旁注视,大概会说:"那就对了!我成功了!"除非真的倒霉碰上厄运,不然不久后他就会拥有好几百万英镑了。

这名年轻人,班的帮手,因为松了一口气的缘故,千真万确浑身发抖。他直接来到班的面前,努力挤出笑容,匆匆说:"我是詹士顿的朋友,我是李察。"

班说:"我冷,我要我的毛衣。"他放下手提行李,试图拉开拉链,才发现行李上有个小锁。他问:"钥匙在哪儿?它为何锁起来了?"

李察·盖斯顿(他这辈子使用过无数化名)昨天才从法国海港加莱搭渡轮来到伦敦,跟詹士顿密谈了好几个小时,接受今天的任务以及到尼斯以后的指示。他搭地铁到希索罗机场,站在远处观察迷你出租车司机和班报到,然后跟着经济舱旅客分别通过护照查验和海关检查。他一直在等待班出现,在这段时间里他反复思索詹士顿深思熟虑的高明计划,詹士顿实在太聪明了。他对这一幕有着许多疑虑,就像丽妲一样,可是你瞧,成功了。

班就在这儿,他弯下腰,扯着拉链,拉着小锁。如果班执意拉扯的话,那双手显然有力气可以把行李撕开。李察想象包裹散落一地,安全人员围拢过来……

"我好冷。"班说道。

那是一个温暖的下午,而班的衬衫——一件非常优雅的衬衫,李察注意到了——外面还罩着一件皮背心。

"你不可能感到冷。"李察有欠考虑地命令班,"现在,走吧。我们的时间很紧。他们已经开始登机了,别为难我。"

这些话带来的影响立即使得李察连忙从班身边跳开,班显然差点儿抓住他的手臂,而且……毫无预警就翻脸抓狂了。

"我要我的毛衣!"班大叫,"我一定要我的毛衣!"

李察感到害怕,可是还没有失去理智。他正在力图振作。他听说班有点怪怪的,他有脾气、必须迁就他,他有点率直……"可他不是白痴,所以不要当他是傻瓜。"

对班的这些描述,是他跟詹士顿密谈几个钟头得来的,对李察来说那似乎全都文不对题。詹士顿会称这个场面为"发脾气"吗？有没有任何人在观看他们？唉，如果班继续大吼大叫，人们很快就会注意了。

要是那个拉链破掉，要是那个小锁弹开……

李察喘息着说："听着，班，听着，伙伴。我们快赶不上飞机了。上飞机你就没事了。他们会给你一条毯子。"

听到这儿，班立刻抛下行李站起来。李察不懂，是"毯子"这个字眼说动了他。老妇人以前常说："班，拿这条毯子去，把你自己包紧一点。今晚暖气的温度太低了。"

李察看出事情有了转机：班已经不再吐出杀人的气息了。如今，他在无意中又说对了话："詹士顿不会希望你现在把事情搞砸的。你做得很好，班。你做对了。你真棒，班。"

是"好"这个字眼。

班捡起手提行李，跟随着李察沿着走廊、自动滑行步道走到正确地点。一切都估算得很准：他们将混在人群当中登机。到登机柜台时，班发现护照和登机证又回到他的手里，似乎是方才争吵时——班在跟拉链和小锁较劲时，放掉了它们——这位朋友帮他收起来，如今又放回来了。然后他们又继续往前走,转弯再往下,最后来到一扇门前,门边有位笑脸迎人的女性,指示他俩往头等舱走。班无助地站在机舱走道上,李察拿走他的行李,立刻就塞进行李舱,好似他手里拿的是一条蛇似的。他曾经告诉过詹士顿,无论在任何情况下他都绝对不碰那个箱子,这样万一接受审讯时,他就可以推说他完全不知情,现在他才晓得那是多么蠢的事。班坐在位子上,系上了安全带,李察本来打算去要条毯子来,再向班解释起飞和飞行的事——他们下面会有云层,而且……可是班已经睡着了。

真好,李察心想。真是教人松了一口气。

班一直睡到飞机降落、乘客开始下机时才醒来。他的神情有点恍惚,似乎不认得李察了。站起来时他忘了珍贵的行李,忘了将它拖下来。李察替他拖出来,一路帮他提到了行李传送带那儿。黑色大行李箱——最危险的那一箱——立刻就出现了,紧接着是红色的,里面装着班的衣物。

"我们什么时候上飞机?"班问。他期待的是一趟像他跟詹士顿搭小飞机游伦敦的旅行。

李察没有回答:前面的海关检查是最后的风险,不过海关并没有为难他们。不消片刻他们就出了机场,走在艳阳下,然后带着行李上了一辆出租车。李察靠在椅背上,双眼紧闭,依然为安全过关感到余悸犹存。他很清楚这回纯粹是走运,虽然他也很钦佩詹士顿的智谋。他好想大睡一场:他了解班为何在飞机上睡着了,那是因为紧张过度的缘故。在搭车的过程中,班一直保持沉默。因为烈日照在海面上,闪闪发亮,使他的眼睛感到刺痛——起初他并不明白那一大片发光的蔚蓝色是什么,它跟家乡的海全然不同。他也感到晕车:他向来痛恨汽车。然后他们下车走上人行道,到处是汹涌的人潮。李察领班到一张桌子旁,推一把椅子让他坐下。班坐下来的模样,仿佛这是一个陷阱,椅子可能像一张嘴巴似的咬住他。那是午后三点左右。他们坐在一把小阳伞下,可是那一小片阴影对班刺痛的双眼并没有多大帮助。他半眯着眼睛坐着。侍者过来招呼:李察点了咖啡;班讨厌咖啡,要了柳橙汁。蛋糕送来了,可是班向来都不爱吃蛋糕,所以李察吃光了它们。他们就这样坐着,几乎不交谈,班试着透过半睁半闭的眼睛观察四周耀眼的喧闹景色。那是一条热闹的街道,一家高朋满座的咖啡馆,没有人注意他们。突然间,有个男人出现在桌旁,李察对他说:"黑色和蓝色那两箱。"班看着这个由明亮光线和吵闹声组成的幻影,带着两箱行李走向出租车,消失了。只有班和李察看着,没有别人,不论是在人行道上闲逛的行人,或是坐在露天咖啡座闲聊的游客,还是开车经过的旅人,都没人瞄一下这两箱行李:一箱非常大,另一箱正常大小,它们里面装的东西不久就会流入通往世界各地的毒品之河。班感到茫然不解。他本来以为他带着通过机器和官员检查的蓝色行李是他的,事实似乎不然。原来红色那一箱才是他的。还有一件事他终于注意到了——他原先太茫然了,无法理解。四周人声鼎沸,可是他却完全听不懂他们在说什么。丽姐告诉过他,这里人人都说法语,可是没关系,詹士顿的朋友是英国人,会说英语,会照顾他;可是他完全没料到自己会坐在异国的咖啡座上,像鸭子听雷,一句话也听不懂,无法了解周遭环境的状况。而那个带走行李箱的人,听得懂李察说的英语,但他对出租车司机却说法语。疲惫再度令班木然。

"任务圆满达成了。"李察说道,他必须说出来,好庆祝或解释这件行动的完成,他晓得班完全不晓得刚刚发生了什么事。

"走,我带你去饭店吧。"他对班说。

在选择饭店这件事上,经过许多讨论。丽姐说,找间便宜的,那儿的人比较友善——指的是她自己。詹士顿却说:"不,找一家好一点的饭店,他们会说英语,在便宜的旅馆人们只说法语。"

"他不懂得如何应付高级饭店的。"丽姐说,可是她错了。一切都进行得很顺利。班只要在饭店柜台签名即可,人们对他笑脸相迎,因为他是个电影明星,然后又用笑脸目送他在李察的带领下走向电梯口。他对电梯仍有恐惧感,在那儿犹豫了一下,可是李察一把就将他推进去,只有两层楼,一下子就到了。进房间后他立刻就感到很自在,因为它让他想起童年的家。由于太像了,他还去查看窗户,看看有没有加装铁栏杆。他走向窗边,眺望外面:比毕格斯太太位于哈雷街的含羞草之家公寓还低一点。他在房里逛了一圈,咧嘴作笑的笑容从他脸上消失。李察瘫坐在椅子上旁观,晓得接下来的事就简单了。他只要带班去看浴室,教他使用淋浴的莲蓬头和空调就行了。然后他说他必须离开一下,不过很快就会回来带班去吃晚饭。

他把班留在一张可以眺望窗外艳阳天的椅子上。

他去打电话给詹士顿,只说:"一切安好,是的,没事。"

詹士顿听到这个消息,立刻跑上楼去告诉丽妲,他又想要故伎重施:他打算亲自去接班回来,再创一次胜利。可是丽妲将他拉回现实里。"停,詹士顿。这次算你走运。"

李察回来时,班正在浴室戏水高歌,显然很快乐,可是他擦干身体穿上衣服后所说的第一句话却是:"我什么时候可以回家?"

李察带他去一家像样的餐厅,主要是因为他想好好犒赏自己一顿:他的日子向来过得很清苦。可是他还不如带班去吃麦当劳算了。班只肯喝果汁,说他很饿,吃了一大块牛排,薯条和沙拉都不碰,又追加了一客牛排。饭后,李察带他去海滩散步,去看海,然后又去了另一家咖啡馆,接着还去看了一场歌舞秀。李察看不出班对这一切有什么想法:他很随和,凡事都说好,可是似乎只有吃东西时才流露出真正享受的样子。

回饭店后,李察数了一叠钞票放在班的手里,说:"你不会需要的,只是以防万一。明天一早我就会过来。"他的任务是帮助班料理日常生活琐事。离开前他带了一大包现金去楼下饭店的保管箱,用班的名义存进去,因为他晓得,从班漫不经心的作风来看,如果让他带着那笔钱,不出一天就会被小偷扒光。

李察招待班的旅游节目其实是为自己安排的:他租了一辆车带班去尼斯后面的山上小镇出游。可是班会晕车,等他们抵达某座迷人的小广场或餐馆时,班并不想坐在户外;他寻找阴凉之处,大部分时间都闭上眼睛。他显然需要一副墨镜,所以一回尼斯李察就带他去试戴了几副,可是似乎没有一副是适合的。李察带他去看眼科医师,医师检查班的眼睛时,显得焦虑不安,甚至感到怀疑,还问了好多问题。他说,要替他称之为"不寻常的"眼睛开出眼镜配方很困难,还好班说他喜欢其中一副。如今,戴上墨镜,他招来更多侧目,更加忐忑不安,不断说:"换别的地方,不要在这里,我不喜欢这里。"

然后,当他们在一家商店橱窗前走向自己的镜像时,他停下脚步,向前倾身,看着自己。"没有眼睛,"他说,又解释,"没有眼睛,我的眼睛不见了。"他慌慌张张地摘下眼镜。"可是班,看看我,那么我也没有眼睛。"李察猛然摘下自己的太阳眼镜,让班看看他的眼睛,再戴回去。班也慢慢戴上他的,但是依然站在那儿注视自己。他所看到的景象跟他在伦敦见到的迥然不同:帅气的麻料西装,入时的发型,还有,他被墨镜遮住的双眼。

李察放弃他想深入到那片令人目眩的蔚蓝海岸展开乡间旅行的计划,反过来试图找出班的喜好。他究竟喜欢什么?他似乎很喜欢到处闲逛,坐在咖啡座看人们偷得浮生半日闲。是那种轻松自在,那份无拘无束的感觉,吸引了班,可是李察并不知情。他只能用自己的过去将心比心,怀疑班是不是感到害怕,以为自己被跟踪了。班很喜欢沿着海边散步,看着船凭空出现,一下子在那儿,一下子又不见了。他问李察:"它们上哪儿去了?""谁?""那些船?""哦,到处去。到世界各地去,班。"

他看到班大惑不解的脸色。

班喜欢用餐时间,还有他的牛排和水果——他只吃牛排和水果。他知道如何坐在咖啡座上,点他想要的食物;他也把饭店的事打理得很好,将衣服送出去洗,甚至自己上饭店的理发厅去刮胡子和理头发。有天晚上,李察带他去看脱衣舞秀,他看得浑然忘我,发出了兴奋的叫嚣和呼喊,李察不得不发出嘘声,示意他保持安静。第二天晚上他又想去,保证会乖乖地坐着,可是等女孩们上场,班一看到她们的裸体上只装饰着几根羽毛或几片亮片,就又忘我了,硬被李察拉回座位上。李察真的很怕班会跳上舞台去拉扯某个女孩。

班究竟是什么东西?他睡在床上,跟大家一样;他使用刀叉;他保持服装整洁,喜欢把胡子修得整齐,也去理发。然而,他又跟你我都不一样。

在那一星期里,这座早已习惯罪犯和亡命之徒的古代港口的居民,已经看穿李察的底细:他八成是当地的黑手党,这名年轻人可不像他假装的那么年轻,他有一种迷人的好看,不论他多么常常绽露笑容却始终带着威胁的姿态。可是班教他们捉摸不定。人们找尽借口交谈。"他究竟是谁?"还有人问:"他究竟是什么?"他们从李察口中所能问出来的只有:"他是个电影明星。"李察对于自己挡人的能力越来越感自豪。不久以后,下面这个说法似乎也很管用:"他很有名。他是班·骆维特。"

在第一周结束的周末,李察打电话给詹士顿,说班应付得来了。再监督一周就行了。詹士顿这时还不晓得这个计划有多成功。第一笔钱已经拿到,可是他还要等下一笔,以免启人疑窦。他并不想再多付李察一周的费用,心想他的共犯已经要得够多了,二十五万英镑,不过不久以后这点钱对詹士顿而言就不算什么了。李察曾经力争,如果他跟班在通过法国海关时被警方逮捕,可会惹上大麻烦,要在牢里蹲上好几年。如今詹士顿说,可是你们没有被捕啊,一切都安然无恙。"不过,"李察说,"我很有可能被捕呀。"他想多要额外的二十五万。"没有我的话,根本不会成功的。""是呀,可是我也不缺人来替我干肮脏的勾当。"詹士顿说,决心不向可能会采取威吓手段的李察让步。

这段谈话无法继续下去:这是在电话里谈的,不是在出租车行的小办公室,而是在一个朋友的朋友的办公室里,即使如此,也追查得到。

"再多住一个星期又有什么差别?"詹士顿问。

"那就看你到底要不要他被逮捕,"李察说,"他只听我的话,换别人,行吗?"

李察四周尽是呼啸而过的车声,他不得不大声叫喊。詹士顿在布立克辛顿后街的安静办公室内,也发火大声下达指示:最重要的是,如果班坚持要回来,一定不能让他找到詹士顿或丽姐。然后,他同意再支付一周的费用。

李察告诉班,他们还有一星期的假期。

"然后我们就要回家?"班问。

"你回那儿去做什么?你为什么要离开这一切?"

对李察来说,这段蔚蓝海岸是幸福的启示。他出生在某个英国小镇,一个丑陋的地方:你可以说他天生就是个罪犯。像詹士顿一样,他在少年感化院待过,也坐过牢。遇见詹士顿是他这辈子最幸运的事。他被詹士顿派到这片海岸来,将一辆没有证件的奔驰汽车偷渡进法国,事成后就此留了下来。这儿的生活,特别是随意进出咖啡馆和餐馆,灿烂的阳光,碧海蓝天,都让他沉浸在幸福中。他的日子过得很清苦,仅能勉强糊口,可是很值得,因为能够在这儿生活。如今这个小混混,沾了詹士顿的光,将可以拿到二十五万英镑。他计划买栋小房子,或一户公寓,只要能够留在这儿,在这片蔚蓝海岸,在这阳光普照的地方的任何住处都行。

而班在这儿,却总是不得不坐在阴影下,而且一心只想回伦敦去——李察根本不晓得他究竟有多想回去。

在第二周期间,有一夜班被李察留在饭店里,他随后独自出门,闲逛到大街上,一路向上走,爬上更高的地方,直到他被街边的女郎挡下来,那个女孩站在一扇门口,正冲着他微笑。

她猜想他大概是个英国人,所以就用她仅会的几个英文单词来谈价码,转身带他进她的房间。班的口袋里并没有她索求的价钱,那比丽妲要的高太多了。他还以为她会跟丽妲一样,好好待他。在房内,这名女孩审视了班:她跟丽妲一样欣赏那副宽阔的肩膀,欣赏他的蛮力。她转身脱下裙子,感觉到那双手按在她的肩膀上,然后她就被弯身向前,紧接着他的牙齿就咬在她的脖子上。她挣脱开来,尖声骂他是一只猪,一头禽兽,将他推向门口,推出门去,并且用法语告诉他,永远不要再接近她。

玨走回街道,回到饭店去,心想他必须找个像丽妲一样温柔的女性:他十分渴望女人的温柔。

李察告诉他,他们只剩下三天假期,然后班就得靠自己了。他并不喜欢说这些:他真的不想留下班孤零零的一个人,不全然是因为这意味着报酬丰厚的美好时光即将结束,而是他已经喜欢上班——不论他是什么。他晓得班很快就会惹上麻烦:他根本无法分辨安危。

班说他要回伦敦去。他已经想好了,只要有护照和钱,他就可以请柜台小姐替他订班机:他看过饭店内的其他客人这么做。

班想去看詹士顿。他帮了詹士顿一个忙。"班,你就帮我做这件事,没错,你只要帮我一个小忙,我就会感激你。"这些话对班的影响力相当于老太太所说的"班,你是个好孩子"。

班对詹士顿有好感,想象自己会受到欢迎,可是他却听见李察说:"班,你不懂,詹士顿现在不在那儿了。"

"为什么?他上哪儿去了?"

"他离开了。他不再做出租车生意了。"

这件事很快就要成真,即使此刻还没有。詹士顿交代过:"我不要他回这儿来。反正我也不会在这儿待太久了,而且丽姐已经离开。告诉他这一点,告诉他丽姐走了。"

李察告诉了班,看着他闷闷不乐、焦虑不安。

恐惧感侵袭了班,一份寒冷的痛楚。他曾经拥有过一个避难所,一个真心的朋友——丽姐。她已经走了。

然后,他记起了老妇人。他可以回去找她,他现在有点钱了,一定受欢迎,他可以拿钱给她买食物。

他告诉李察他要去找另一个朋友:毕格斯太太。他在皮夹里找到了她给他的小纸条。"瞧,"他说。"她就住在那儿。"

"如果有电话的话,你可以打给她。"

"她有电话,"班说,"每个人都有电话。"

李察暗忖,如果班回伦敦去找这位毕格斯太太,那么他就不会碍着詹士顿了。他吩咐班留在原处——像平常一样,在咖啡座——他则去打电话给查号台。因为热爱法国,或者应该说是热爱蔚蓝海岸,让李察轻松学会够用的法语;不过要游说查号台这位法国女孩,相信有位毕格斯太太住在这个地址,而且装有电话,还是有点儿困难。最后,他终于跟英国的查号台通上话,他们告诉他,这个地址没有一位毕格斯太太,因此也就没有她的电话号码。不过,他还是要求接通含羞草之家11号的电话号码,一位妇人告诉他,毕格斯太太已经不住那儿了。她在医院过世了。

李察告诉班,毕格斯太太死了。班坐着愣在原处,一动也不动,沉默无语,只是直直盯着前方。李察晓得,他不开心,所以努力劝他想开点,提议他们该吃午餐了,然后再去海边散步。

李察不晓得,班是如此的不开心,根本不愿意说话,不想吃东西,只能呆坐在那里,一动也不动。如今这份哀伤将永远离不开他了。

班逐渐明白,伦敦没有任何地方——他自己的国家没有任何地方,没有任何人,会在见到他的时候露出微笑。他想到了毕格斯太太的房间,他曾经在那儿照顾她,度过一段欢乐时光;他也想到了丽姐,她对他很好;然后他想到了自己的家,可是一想起母亲,他也想起了那一幕:她坐在公园的长板凳上,拍拍旁边的座位示意保罗跟她坐在一起。保罗,那个令他痛恨的哥哥的影像每每浮现心头,便教他兴起杀人的念头。

他无法忍受想起母亲的心痛。

后来,当李察说他应该站起来时,他是离开了座椅,也去海边散步,可是他对风景视而不见,只晓得他的心痛极了,而且觉得自己的心是如此沉重,真想当场就在那儿——在人行道上,在人们路过和谈天说笑的地方躺下来。

他说他想躺下来。

第二天,李察上楼来拿钥匙进班的房间,发现班蜷缩在床上,双眼睁开,身子一动也不动。

由于班习惯服从李察的命令,李察说他必须起来,他还是起床了，也出去吃了东西，散了一会儿步。但他完全没有说话，一个字也没有。

现在，李察即将要抛弃班了："你记得怎么做吧，班？只要做我们一起做过的事，你就会没事。"

班没有回答。

翌晨，李察终于要离开了，他交代柜台的女孩，最好帮班保管钱。"在某些方面来说，他还有点孩子气，"李察说，"他没有太多生活经验。"当他进班的房间，去跟班道别时，看见班蜷缩在床上，这位凶悍甚至残酷的男人晓得自己一不小心就要哭了。詹士顿究竟在干什么，竟然让这个笨蛋、这个傻子，在世界上自生自灭？

李察就这样离开了班的生命，去寻找他自己的新家，在那儿过着自由人的生活，脱离了他这半生以来天天被追捕的日子，但是法网早晚会再度网住他的肩头：或许他临别时差点哭出来是出于同是天涯沦落人的体认。他的计划并没有得到好的下场。你或许可以拿二十五万英镑去买户不错的住宅，可是你必须生活，支付开销，还得吃饭。所以李察又走回犯罪的老路，他的故事并没有一个快乐的结局。

班坐在床上，从墨镜背后盯着窗外的蓝天。自从来到这儿以后，李察一直陪着他，现在他走了。老妇人死了，丽姐和詹士顿也不知去向。在他曾经逗留的公园长板凳和门口走廊以及火车站的游民世界里，某个陌生人可能会整夜缩在你身旁睡着，如此地靠近你，你甚至可以感觉到他的体温传过来温暖了你。然而到了早上，他们就走了，你永远不会再见到他们。他觉得自己是如此松垮，毫无重量，没有归属感，仿佛可以掉落到地板下，或飘浮在房间里。然而，他在这儿又有个住处：接下来两周的住宿费用都已经付清了。他可以一直躲在房间里；也可以到外面去，去以前跟李察去过的街道。他饿了。李察说过，如果他觉得外面的世界难以应付，就吩咐饭店把酒菜送到客房里来；可是对班来说，任何他从来不曾单独做过的事，都是陷阱，可能令他陷入困境，错误百出。在大厅里，他对接待柜台的女人报以笑容，再到咖啡座去。他去他最熟悉的咖啡座。侍者送来他常吃的牛排，还有一些水果。李察曾经逼他练习付账，他放下侍者用英文告诉他的金钱数目，可是他晓得这比过去还多。他也去了市场。如今，由于李察不在身旁，没人来充当他和这个闹哄哄的刺眼世界间的保护网，法语的声音充满了不明的意义和威胁，让他感到十分痛苦。他俩曾经在市场买过水果，所以班在水果摊边指着葡萄和桃子，他听不懂女性小贩说了些什么，只好将握着钱的手掌伸出去——看着它全部消失。他从她转身将钱放入口袋时流露出来的得意笑容就明白，他又上当了。他察觉到人们向他投来异样的眼光，晓得人们对他议论纷纷；他坐下来，就像他跟李察一起去咖啡座时那样，坐着观察周围的人生百态。他晓得他必须经过点果汁和付账的仪式，所以又站了起来，意兴阑珊地走回饭店去。他感到一阵恐慌，这是他最难受的时刻。孤独无依的经验正在反复告诉他，你是孤独的，你是孤独的。他感受到危机四伏，他是对的。他曾经受到李察的保护，如今没人来保护他了。

他回自己的房里去。那一夜他走进城里最贫困的区域，想找个女孩子，可是没有找到，计划第二夜再去碰碰运气。他想念丽姐，因为如今他只记得起温柔，可是在他沉沦在蔚蓝海岸沿岸，四处漂泊，追逐妓女的笑容、冒险卷入种种麻烦之前，发生了一件事。

一位从纽约来的电影人站在接待柜台前，跟两位正在为他安排回纽约班机的小姐闲聊。亚力年近中年，可是在美国式的打扮下看起来颇为年轻,他身上没有多余的赘肉,非常健康,穿着明亮而昂贵的年轻衣着。这次空手回美国对他来说是个挫败。经过漫长的焦虑和危机后,他在三年前拍了一部电影,不是他想拍的那一部,因为他一直无法募足资金来做这件事。他的第一部影片是拍青少年在南美洲都市中变成罪犯和毒枭的故事,为他赢得了足够的注意力,因此他的第二部影片将会受到瞩目。这一次他将要筹拍他真正想拍的影片,即使这很花时间……这的确很花时间,而资金又越来越少了。这一年来,他像个疯子,心中只有一个念头:哪部影片,哪个故事?点子在他的心中、梦中打转,将他带到这座城市或那个乡村,完全占据了他,最后却又离开他——它们就是不够好;接着他的心头就又浮起另一个点子。他着魔的程度之深,似乎他所见到的每个人、每条街道、每个酒吧或火车站,都向他暗示着一部电影。这个世界已经变成了电影场景中千变万化的幻影,他晓得他已经几近疯狂。近半年来他确信他将要开拍地中海海港早年的风光岁月,这就是他流连在尼斯的缘故了。可是似乎没有任何事情能够使他的点子具体成形,现在也到了他该离开的时候。然而,他并不想离开这片海岸,以及他对它的梦想……班从电梯走进大厅,亚力的目光跟随着他。班走出旋转门到外面的大街上,停下脚步,又折了回来,有气无力地坐在大厅的椅子上。他咧嘴作笑,或许是想起了一个迷人的私密念头?亚力,几个月来看着任何事或任何人,心中总是充满着明亮的诱人场景。然而此刻他看见的是,在低垂阴沉的天空下矗立着一座幽暗的山坡,山上堆积着黑色的岩石,长着古代那种生命力旺盛的树木;他听见水声四溅,有个人出现在一道小瀑布旁,矮矮胖胖的,全身毛茸茸的,有着强壮有力的肩膀和宽厚的胸膛。他对亚力这位外人现出有敌意的目光,并发出呵斥声,瞬间从岩石后面和树林间就跑出一群和他相同的生物,他们跑上山坡,进入山坡上的一个大洞穴,聚集在那儿守卫,不知道这位不明人士会带来怎样的威胁。在他们下面有一大片古老的树木,亚力发誓这是他从来没见过的一种,四周尽是锯齿状的岩石。这一群生物是什么东西——侏儒?雪人?亚力在照片和电影中从未见过。他们坚守着地盘,瞪着他。最高的是五尺三寸或五尺四寸,其他的则矮多了,或许是女性?他们的毛发从腰部后面垂下来,实在很难说究竟是男还是女;肩膀上是粗糙苍白的毛发、胡子、碧眸。他们手中握着棍棒、石头,有些像刀子般锐利……幻影消失,亚力盯着穿着入时的班;而班则盯着旋转门,心中想着他要回伦敦去,去寻找丽妲,毕竟,保管箱中还有一笔钱是属于他的。可是詹士顿会……就是想到了詹士顿,恐惧的假笑才会再度浮现在他脸上。班已经明白,詹士顿向他撒了谎,欺骗了他,如今将他孤立无援地留在这儿,周围尽是一些说着他听不懂的话的人。

亚力转向柜台的年轻小姐们,她们正等着他开口问班的事;这些问题她们已经司空见惯,早就对班发展出自己的看法。有一位说他曾经在精神病院待过,是个有钱人,被照顾者送到这儿来。另一位说,他显然是个重量级的摔跤选手。第三个相信是实验室的某项实验出了问题,她说班让她感到毛骨悚然。她们全都保护着班,用英语给他建议,花时间帮助他,陪他回他的房间去确认他有碗可以吃水果,或者去帮他找东西——有一回,是去找他的护照,在某个虚惊一场的早晨,他还以为他弄丢了护照。如今那本护照成了他的护身符,没有了它,谁会晓得他是来自苏格兰的班·骆维特,三十五岁,是一名电影演员?

这些笑容可掬的帮手们决心要保护班避开这位电影导演。可疑甚至残酷的剥削已经迫在眉睫,因为她们晓得班无依无靠。当亚力问"他是谁"时,一位说:"他是从伦敦来的。"另一位说:"他是来度假的。"可是第三个并不相信班是演电影的,而且也不喜欢亚力,所以她说:"他是演电影的。"

亚力说:"取消订位,我要多留一阵子。"他走向班,坐下来自我介绍。

班保持着笑容,眼睛害怕地飘来飘去,然而亚力友善的自在让他想起了李察,甚至想起了老妇人,因此害怕的假笑消失,真正的微笑浮现。亚力带班出去吃饭,然后又去泡咖啡座,如此过了一天又一天,然后是一星期,在这期间,亚力心中想着矮人或不管是什么的那个幻影或梦境,一直在思索着要用班来拍一部电影。可是他没有故事,最重要的是,也没有资金。故事的点子来来去去,每个点子存在时都占据了他的想象力。他对那些生物——什么人?什么东西?——感到着迷。他显然不是野兽,因为班有着正常的生活形态,用刀叉吃饭,每天都去修剪胡子和理发,更换衣服——不过它们看起来已经有点旧旧的了。亚力听说詹士顿特地请人帮他定做衬衫和西装。亚力问班詹士顿是什么人?班说詹士顿有汽车和司机,送人们去伦敦各地,可是他已经离开了。班对每件事都说不清楚,他的理解范围相当狭窄，共鸣和反感模式甚至更加奇怪。他谈起老妇人，但是不提那只猫；提起詹士顿，但是不说丽妲，因为想起她会令他感伤；他说他有过一个家庭，父亲痛恨他，可是他也不提保罗或母亲。亚力·贝里从这一切当中所得到的结论只有一个：面前的班毫无牵挂。他可以用他，不会有人来要求解释或来要求——呃，什么呢？他可不打算剥削班！他会付他酬劳。他会照顾他。班再次得到定做的衬衫和两件西装，一件厚的和一件薄的，还有几件高领的真丝 T 恤，好隐藏他毛茸茸的喉咙和脖子。

班晓得这位照顾他的朋友想要找他拍一部电影：他真的成了一个电影演员。可是他并不喜欢电影，他们用强光照射他的眼睛，让他感到头晕。亚力带他去戏院，看一部特地挑选过的影片，就像为孩子挑片似的，一个强烈的好故事，刺激又危险。可是班坐在那儿紧闭着双眼，他眨着眼睛努力尝试去看，可是什么也看不见，闪烁刺眼的光线实在教他受不了。

亚力带班去眼科配眼镜，他确信这副墨镜的度数配错了。班偏爱傍晚的昏暗胜过明媚的艳阳，他从不坐在阳光下，老是眯着眼睛。这位眼科医师似乎也很紧张，无法跟班沟通，只好走出验光室来跟亚力说话，他说这是一双罕见的眼睛，它们对光线的变化适应不良。眼科医师对班的观感最接近那个说班是个失败的实验的那个柜台接待女孩，但是他可不打算实话实说，免得惹上麻烦。他说班这副墨镜大概跟其他的一样好，但是建议镜片的颜色不要染得这么深。班已经泪流满面，他带着假笑——大概是出于尴尬吧，眼科医师如此想，可是如今亚力已经晓得那副张大眼睛的假笑意味着什么。

亚力听说班的旅馆费用已经预先付清了，而且还可以再住一个星期，又听说保管箱里还有一笔属于他的钱，顿时松了一口气，这些都不无小补。他必须上某处去找发展经费。他花了好几个钟头打电话去洛杉矶、纽约以及其他生产电影的地方，最后成功游说了资助他上一部影片的制片人给他足够的资金。他并没有一个故事，而是有好几个。当他形容起班时，他的声音中有足够的困惑、惊奇和兴奋，让他要到了那笔发展经费。

现在亚力必须找出他的故事了。问题是，他心中没有浮现任何影片，足以符合山洞口那样生物的新奇魅力，他们穿越时间的鸿沟（几百万年？）直视着他猜想是他们的子孙——亚力的面孔。如果他是的话。他们的基因是否还残存在他的体内某处？班跟他是否也有着相同的基因？有时候他想，这是理所当然的，可是也有些时刻，他理解到班对他来说有多古怪。亚力悄悄地告诉自己，班不是人类，即使大部分时候他的言行举止看起来像个人。但他也不是野兽，他是某种有"返祖现象"（throwback）的动物。如果这群古人只是一种动物，班如何能够过着人类的生活——呃，大部分时候？

让亚力感到不安的是，等影片一拍完，一切都结束后，还剩下班，而他需要人照顾。现在班白天跟亚力在一起，有时候晚上也是。目前没问题。亚力在海岸沿线和山上小镇都有朋友，他曾经尝试带班一起去访友，可是实在不容易，他很紧张，所以他就没有再尝试第二次。那么，被亚力抛弃的晚上，班都做些什么呢？他小心翼翼地进城去，仿佛是去打猎或偷窥，去找女人。他找到过一位，再次被责骂为禽兽和猪，可是他只晓得自己被拒绝了。

亚力终于有了一个点子：他要回南美去拍片。这回去巴西。那儿他有熟人，甚至拍过一部短片，导演过一出戏剧。他决定不把故事背景放在北欧，虽然这儿有侏儒、守护神与山精的联想,还有棕仙以及更精致的小仙子和小精灵。但他打算放弃这一切,去南方,深入丛林……可是他还没有发展出一个结果,他心中还没有一个成形的故事。他将前往里约,带班去那些丛林里,那儿的蝴蝶大得跟鸟儿似的,漫天飞舞,那儿的历史像欧洲般古老和野蛮——然后他会让心中随意浮现幻象。

他向班述说了南美,形容了巴西和里约。像往常一样,他并不晓得班听懂得了多少。他习惯注视着那个道尽一切的假笑。班问,他们是否要搭飞机,说他曾经搭过一次小飞机。他形容了俯瞰伦敦的情形,他看到了老妇人居住的地方以及詹士顿工作的街道——就是以前詹士顿工作的地点,可是如今他已经离开了。他没有提起从伦敦到法国南部的飞行,因为他无法相信他曾经搭过那架飞机。巴西很远吗?他问。离哪儿很远?亚力想知道,但是没问出口。他对自己正在做的事感到内疚。好吧,他答应自己,他一定会负责送班回来,如果不是送回这里,就是回伦敦,到有朋友可以照顾他的地方。

所以班领出了剩下的钱,他们俩就飞往里约热内卢。

事情当然并没有听起来那么简单。首先,他们必须搭飞机去法兰克福,再转机去里约。班站在一行人中间,一手拿着护照,一手提着行李,亚力就排在他前面。外面地中海的艳阳眼花缭乱地照射在玻璃窗、汽车、树叶和云层上。班虽然戴着墨镜,还是半眯着眼睛;他的脸上又浮现假笑。站在柜台前,他心想,或许我要回家了?身旁的亚力替班要了窗边的座位。上飞机了,这回他晓得这是飞机,而且是个靠窗的座位,有亚力坐在他身边,他可以把他看到的景象跟他从小飞机上看到的伦敦联想在一起。然后云层就笼罩了飞机,他只看到了白茫茫的一片,反射着强光,刺伤了他的眼睛。他闭上眼睛,向后靠,亚力说:"只要一个钟头,班。"意思是指到法兰克福。可是到那儿以后一切又重来一遍:人群、自动扶梯、强光,沿着走道走,然后手中握着登机证,在登机门候机。他拖着脚步,咧着嘴假笑,跟随着亚力前进。

亚力看着这个苦恼的家伙,感到毫无把握,真的很担心。他很想用力拍拍他的肩头,安慰他:"班,没事的,你等着瞧。"可是昨天,他给了他友善的一击,就像在美国对待男性朋友时那样,却看到那双绿眸子立刻抽搐变形,激动地翻脸发怒,还有那双拳头……亚力不晓得当时他险些被那双壮硕粗大的手臂打伤,也差点被那些牙齿一口咬在脖子上。他并不晓得那是一个危险时刻。

愤怒让班的眼睛蒙上一层红光,手掌则充满了杀人的念头——他刚才拼命克制自己,才压下这份危险。他晓得自己永远不可以松开那把怒火,可是当亚力打他时,就像刚才……自从他晓得老妇人死了,詹士顿和丽姐也不见了以后,这份哀伤就不断在他心中加深,愤怒正是它的伙伴。他几乎不晓得他究竟是要痛苦地咆哮哀嚎,还是要发狂出去杀人。

穿过漫长的蜿蜒下降的走廊,才来到进入飞机内部的门口:班很难相信这是一架飞机:它好大。他几乎看不完它究竟有多大。他明白他不是要回家,可是在心灵深处,他始终挣扎着要保持镇定,他告诉自己,他得到保证要回家去;他被出卖了,而亚力正是出卖他的人之一。巴西?巴西是什么地方?他为什么一定要去那儿?他为什么必须去拍电影?

这一次他没有眺望窗外,因为他晓得他只会看到刺眼的白云。十一个钟头的飞行,那么漫长的时间局促在狭小的座位上,班该如何打发呢?他们搭的是经济舱:亚力已经没有多余的钱可以浪费了。

　　上饮料了。亚力告诉班必须喝点儿水,班照做了。要不要给班吞颗安眠药?可是他的新陈代谢可能无法适应药物:像猫如果吃了人类的止痛药或安眠药,可能会受伤,甚至死亡。还好难题解决了,因为班又睡着了,手中紧紧抓着他所痛恨的安全带。他体内的压力太大了,实在无法承受,他曾在中途醒来,睡眼惺忪地张望身边后,很快又入睡了。

　　抵达里约时已经是早上,光线粗暴无礼地唤醒了班。他正抓着他的生殖器,努力挣扎着要站起来。亚力及时把他送进厕所,心想,这很像照顾小孩——他是有一个儿子,但是和孩子的妈离婚了。

　　饭店不是问题。班晓得那是什么,站在接待柜台前时信心满满。然后,亚力看到正在发生的事,真气自己——那是一种新的语言,葡萄牙语,班至少已经习惯法语的腔调了。

　　"那是什么?"他问亚力,语气中尽是不悦、伤心与愤怒,"他们在说什么?"

　　亚力解释了。之前他曾经花了好多时间跟班谈巴西,谈里约,说这儿有多美:树林,海滩,到处是海洋。可是他压根儿也没想到,应该事先提起那儿的人说葡萄牙语。

亚力本来很想一个人住一间房间,可是他怕班在新饭店的迷宫中走失,只好两人同住一间,只住一个晚上。要在里约租一户公寓不难,第二天他们就会搬去那儿。

亚力困死了,在飞机上他都没合眼,随时留意着班,可是他晓得他还必须撑下去,因为现在班已经睡饱了,精神抖擞,像一头动物在勘查新环境似的,在房里走来走去,试用浴室——淋浴,厕所——打开和关上衣柜抽屉。他们住在饭店的高楼,班似乎并不介意,但他仍然不喜欢电梯。他躺在床上,又爬起来,亚力浑身无力地在一旁看着,因为飞行时差让他感到眩晕。

"我饿了。"班说。

客房服务送来牛排,班连亚力的份也吃了。这是一个出产美妙水果的国度,亚力点了一些。班开心地大嚼凤梨,结果全身都沾满了果汁。亚力很满意班不必别人吩咐就会自己去洗澡,他在浴室内待了许久。亚力倾听里面的动静:那是什么?是歌声吗?那个刺耳、嘟哝的吟唱?水溅得到处都是,亚力不得不去拖地善后。

现在还是中午时分。

亚力开始打电话找朋友。他在这座城市里有很多朋友。有的是一起搞舞台剧的；有的是一起拍电影的，曾经一同去哥伦比亚和智利实地拍摄；还有些则是朋友的朋友。他必须保持清醒，他晓得自己如果睡着了，不到明天是醒不来的。一顿提早的晚餐已经安排好了。在用餐前这段时间，亚力和班要去游览这座城市。天气很热，阳光洒在海面上，金光闪闪。班蹒跚地跟着，紧抓着亚力，双眼几乎完全闭上。所以亚力再次将他带回饭店，他向班解释，在尼斯时他们晚上才出去散步，还有一次是多云的白天。他们坐在饭店外面的露天咖啡座喝果汁，班缩在椅子上挤成一团，没有假笑——看到这一点亚力心里很是感激——但是十分专注。他的头转来转去，尽可能深入阳伞的阴影下，打量四周的人，试着想了解新的腔调。人们来来去去或是坐在其他座位上，就像班去过的每个地方的人，他们也都努力想理解他们所见到的景象。起初只是随便瞄一眼，充分掌握这一幕，可是留在他们心中的是某件无法充分理解的事，一个疑问。第二眼比较久：呃，那只是一个壮硕的男人，如此而已。块头大，笨重，又没犯法。可是那是什么样的肩膀，随便你爱怎么说，那一副肩膀……转身后，迅雷不及掩耳地再瞥第三眼,鬼鬼祟祟的。是的,如此而已,他的体格壮硕,不过长得可不好看。最后,是公然毫不掩饰地凝视,仿佛班的怪异新奇让无礼的凝视变得理直气壮似的。是的,可是那究竟是什么?我看到的究竟是什么东西?炙热的下午过去了,亚力困极了又不能睡,真是难过。最后,他终于受不了,逼着班跟他回房去。班不想走,他喜欢待在这儿,观赏,倾听;此外,还有女人妩媚地冲着他直笑。

回房后,亚力一跳上床就昏睡过去,甚至没来得及脱鞋。

现在班也上了自己的床,但是他并没有躺下来。他坐在床沿,直盯着亚力。自从离开老妇人以来,他就没有跟任何人同房过,以前他并不需要检查她,或凝视她;丽妲允许他留下来过夜那一晚,他太感激了,除了待在那儿什么也不想。可这是一个男性,他把班带到这儿来,来这个不是他自己要来的地方。他不喜欢亚力,虽然他为人似乎很亲切;班总觉得亚力欺骗了他。

这个毫无防备的男人摊开双臂,双腿叉开地躺着,脸转向班,眼睛轻轻合着,好似在看着班。班可以在他睡着时杀了他,亚力永远也不会晓得。班感觉到,愤怒在伤心的滋养下,在他的肩膀、手臂、拳头下增强。他只要向前倾身,就可以重重地咬住那个自己送上门来的喉咙……可是班知道他不能这么做,他必须克制自己。即使在愤怒充满他的眼睛时,也有另一个声音告诉他:"住手,你不可以这么做。这是危险的,他们会为此杀了你的。"

班坐在那儿,让伤心的怒火消沉,慢慢松开拳头。

班想起了李察:如今想来李察才是真正的朋友,他是真心喜欢他。

班坐了好久,双腿张开,拳头搁在膝盖上,上身向前倾,注视着。有一度他伸出一只手臂,有着大大手掌的粗壮手臂,凑近亚力放松搁在那儿的手,如此接近。亚力的双腿藏在牛仔裤内,可是班晓得,相较之下他自己的腿像树干,把裤管绷得紧紧的。躺在那儿的那张脸,比起他的来是如此小如此精致;在随意扣上的衬衫底下隐约可见胸膛有一点点毛。他们的胸毛是如此相似,这个亚力和他,然而又是如此不同……有一点,他用双臂就可以压扁亚力,亚力甚至没有招架的余地。

班站在窗边。瞧着天空的烈日会刺眼,所以他向下俯瞰。他们住在五楼,不像老妇人的家那么高。人们在下面走来走去,说着新语言,一种庸俗、粘答答的说话方式,好像口中含了一颗糖果似的。电话铃响,亚力没反应。铃声一直响。班拿起听筒,用英语说:"亚力睡了。"一个声音,一个女人的声音,说她听说亚力来了,要过来看他。亚力醒来后,班告诉他有个叫做德蕾莎的女人要过来。亚力虽然还很疲倦,却立刻跳起来说:"哦,德蕾莎,真好,太棒了。"他去淋浴,换上干净衣服回来。当时大约傍晚六点钟。亚力带班下楼去门厅等待,人们纷纷赶来,越聚越多,最后一共有十一个人,一起去亚力说班会喜欢的餐厅,因为那儿主要供应肉类。

他们都试着跟班交谈。你打哪儿来?你跟亚力一起工作吗?你做电影还是剧场?班的回答让他们无言以对,因为他全都答非所问。比方,问他打哪儿来,他说,尼斯的爱克希尔逊饭店;当这位友善而好奇的人继续追问时,他又说他不是苏格兰人,但是不知道自己故乡的地名。所以他们全都小心翼翼地对待班,表面上虽然亲切,努力不去盯着他瞧,可是班晓得,只有德蕾莎才是真正的亲切:他感觉得到她是真心的。

这是里约特有的餐厅,餐桌上已经摆着好几盘番茄、泡菜和蘸酱,不过人们主要是为了烤肉而去的,那儿有各种肉类的腰腿肉和肉块,主要是牛肉,展示在浅盘上或烤肉扦上。班从未见过这么多种肉,数量又这么多,感到很开心,可是他的悲伤太强烈了,使他无法真正好好享受。这些闲聊、拥抱让他感到格格不入,他听不懂葡萄牙语的交谈,感觉上就连英语也变得支离破碎、难以理解。不久这一切就结束了,然后他就跟亚力和其他几位坐上一辆汽车。他们沿着滨海公路向前开,月光洒在浪潮上漂来荡去,辉映着高楼通明的灯火。在饭店里他听到了未来几天的安排——这些人好似都在期待着一个假期。

回饭店房间后班脱下衣服,记得把它们挂在衣架上,像平常一样,光溜溜地爬上床。他看着亚力换上上床的服装——睡衣。就像他的父母一样,像他自己小时候一样,可是他讨厌睡衣。他睡着了。

现在换亚力来做班稍早做过的事。他坐在自己的床沿,倾身向前凝视班。他甚至伸出一只手臂,像班先前那样,并且拉起自己的睡衣裤管和班的腿比一比,那只腿因为天气太热而伸到床单外面来。班的腰部盖着床单。亚力心想,他有隐藏私处的本能,对一只动物来说那倒稀奇。不过他并不是动物。可是如果他不是动物,那么,这份独白似乎有一再重复的危险,而且太频繁了,不但在亚力的脑中如此,在大部分人脑中亦如是。

亚力终于睡了。第二天早上他们在饭店吃早餐,吃了许多水果,然后他们就带着行李搬到亚力租下的公寓去,就位于滨海公路附近的街道上。搭电梯时亚力向他解释,他们的公寓位于三楼,不太高,但班依然不喜欢搭电梯。公寓里有两间宽敞的卧房,中间隔着一间更大的客厅。还有一间不大的厨房,浴室有淋浴设备和厕所。班有自己的房间。亚力觉得这大概有点危险,可是他需要有自己的房间:原因之一是他在这儿有个女朋友,德蕾莎。这是自从班离家以来头一次拥有属于自己的房间,他直觉地巡视窗户是否有铁栅栏:没有。可是他还是觉得被禁闭了。他不断测试大门,是的,他可以出去再回来,他有一把钥匙。这不是一个陷阱……可是这间房间,有单人床和大大的窗户,就像他小时候住过的房间。现在是正午。亚力说他要倒时差,班以为这表示亚力生病了:他不记得自己生过病。亚力回自己房里去,说晚点儿会有一些人过来,等他睡醒他会带班出去走走,再买点食物回来自己下厨。班在自己房里焦躁不安……俯瞰下面街道,他听得见那种粘答答的语言交谈的声音……眺望对面窗户,他可以看见人们在里面走来走去,但是不晓得他们在做什么。他进了客厅,那儿有些杂志,可是他不认识这些图片和照片上的人,他晓得他们永远也不可能成为他的朋友。我要回家!他不断在脑海中悄悄地、重复呼喊:家!家!

为测试他是不是一个犯人,他放自己出去,设法在古老、吵闹的电梯中保持镇定,走到街尾再走回来。这一面的街道没有多少人。他们全都看着他,其中一个带着一脸精明、血气方刚的年轻男孩跟了上来。班并没有跑,他很清楚,才不上当,只是快快回到安全所在的建筑物内,等候电梯,他晓得男孩在后面蹑手蹑脚地接近,用班非常熟悉的蹲伏姿势凝视着他。他绝对不能回头,不能抓住那个小男孩的肩膀……电梯在小男孩快接近他时嘎吱嘎吱地下来了——他想干什么?——班进了电梯,没多久后就把钥匙插进公寓大门,门打开了,亚力就在那儿。"哦,原来你在这儿,我还以为……"亚力露出了笑容,可是班晓得他并不高兴发现班不见了。亚力问他想不想去饭店外面的露天咖啡座去玩玩,班说好,他愿意。他们坐在那儿吃三明治,喝果汁,看着各色人种:黑色的、褐色的、淡褐色的以及白种人,全都优哉游哉地逛来逛去。他们之中有一大群是女孩子,有的几乎没穿什么衣服。这些咖啡座旁也坐了一些女孩,有一对对的,也有落单的。班无法阻止自己不去看她们,他的心忍不住蠢蠢欲动。他好想念丽姐,想她多么喜欢他。亚力告诉他要当心,因为这些女孩通常有男人保护。"就像詹士顿。"班说,为亚力补充詹士顿的另一面。"他拿她的钱吗?"他问。"她从来不跟我要钱,"班说,"她喜欢我。""我想,你会发现这些女孩要很多钱。"亚力说。

坐在阳伞下看人很悠闲,亚力偶尔跟朋友打打招呼,最后亚力买了食物,班帮他提回他们的住处。亚力下厨做菜,班说他可以帮忙,他知道怎么做菜,可是他想的是叶司和麦片粥,以及他做给老妇人吃的什锦菜,不久他就看出来这是比较困难的烹饪。班坐在客厅,闻着香料和熟肉的香味,接着就来了一群人,他看着他们亲吻和拥抱,搂着彼此;闲聊着,喋喋不休,牙齿闪闪发亮。外面的天色渐渐暗下来。这是一个不同于尼斯的夜晚:又热又闷,有时飘来强烈的海味。有些客人跟昨晚的一样,可是对每位新来的人,亚力都说:"这位是班,我们要一起拍部电影。"他们就会说:"你好吗?","欢迎","哈啰",每位都露出他所熟悉的惊讶好奇表情,然后他们就小心翼翼地不去盯着他瞧,即使他发现他们在凝视自己时,他们也暗暗希望他没有注意到。食物上桌了,一盘又一盘,丰盛的晚餐,葡萄酒倒满每只杯子,房里到处是酒瓶。屋里好吵,人声此起彼落,大部分班都听不懂,即使他们说英语时也一样难懂。他们做了好多计划,他也在他们的计划中。谈话,吃东西,喝酒,聚会就这样持续到深夜。

班在令他想起老家的房里睡得很浅,一早就醒来。他不敢出去外面的街道闲逛,深怕再来一个小男孩杀手,偷偷跟踪他。他吃完水果后站在窗边眺望外面。亚力很晚才起床,他进客厅时德蕾莎也跟着他一起进来:昨晚班没注意到这个女孩跟亚力回房去了。

她很友善,是个好帮手,她为他做饭,给他果汁。当他默默地悲伤地坐着时,她总是把他包含进她的谈话中。"班,你觉得怎样?""你喜欢那样吗,班?""你要我帮你拿点什么吗?"他非常喜欢她,可是心里明白她是属于亚力的。

日子就这样慢慢地一天天过去,班因为无聊,睡了不少。晚上,家里总是高朋满座,客人喧哗地到来,彼此间笑呵呵地用葡萄牙语交谈,只有跟亚力和班说话时,他们才说着难懂的英语。他们有时也会带吃的来,但不是每回都如此。班坐在一旁观看,努力想搞清楚,为何他们如此不同却可以如此轻易地水乳交融,好似他们不晓得彼此是何等的不同。他们多半有着光滑黝黑的皮肤,黑眼睛,跟亚力恰好相反;亚力很白,是个骨瘦如柴的男人,有着浅色的头发,衣服也是浅蓝色的或白色的长裤和衬衫,眼睛上方是短短的浅色眉毛,可是这张脸泄露了亚力并没有他想看起来的那么年轻:眼睛下面有皱纹。他今年四十了,比班的护照上所说的年龄还多五岁。来这儿串门子的人,没有人像班的实际年龄——十八——那么年轻。想到那些事让人有点困惑,他晓得他看起来不像他们的十八岁孩子——他没有那么年轻的面孔。然而每当他想到自己的年纪,自己的过去,他就记起老妇人说过的话:"班,你是个好孩子。"

德蕾莎是个高挑的年轻女人:有着丰满的臀部和乳房;她的腰很细,扎着一条皮带来炫耀;黑色的头发披在肩上;眼睛也是深色的。她总是笑口常开,爽朗地笑着,班觉得她的声音柔和而自在。她会搂搂亚力,搂着来访的客人,还有,也搂着班。"亲爱的班。"她常常这么说,搂搂他,让他好想做他晓得他不可以做的事。可是没有别人碰他,只有德蕾莎进入了其他人跟他之间所拉开的距离。只有德蕾莎会牵着他的手,甩着它,丢下它,捏捏他的大肩膀,说:"哦,你的肩膀,多强壮的肩膀,班。"或者在她站着跟别人说话的时候一手搂着他。

有个叫做鲍罗的男人常来,他以前跟亚力合作过,目前在一块儿为班这部影片写剧本,但不是一直待在公寓里写。他们俩会在客厅的桌旁坐一会儿,谈话,不看班。德蕾莎则收拾屋子,煮点东西,或是坐在椅子的扶手上摇晃她的脚,看着这些男人,或者阅读杂志,有时哼哼歌曲。然后男人们会出门去,班晓得这是因为他们发现他的存在对他们所做的或思考的产生干扰。他晓得故事一变再变,因为巴西跟北方不同;班现在晓得他是从北方来的了。鲍罗在各方面都跟亚力相反:大块头,有着淡褐色的皮肤,褐色的大眼睛,深色的头发,还有戴戒指的小肥手。班看得出来,鲍罗想讨好亚力;他们全都如此。亚力是他们求助的、在意的对象,他们等着听他的想法。

有时,晚上来吃饭的人多达十五、二十人。亚力每天都要采购大量的食物,跟德蕾莎一起做菜。班听到德蕾莎跟亚力争吵,说他养活太多人了,其中有些甚至是素昧平生的陌生人,听说这儿有东西可吃,便不请自来。他总是说:"好,请进,请坐,你喝点什么,欢迎。"

"德蕾莎,你的口气好像我老婆,现在给我闭嘴!"亚力说。

他以前来这儿导舞台剧时也租了一户公寓,像这间一样,演员和他们的朋友有空时都来串门子,他也用丰盛的食物招待他们。美国人就是这样慷慨,或者说,在这件事情上,是喜欢照顾任何过得比较拮据的人,通常是很穷的那些:像大部分到这户公寓来的有工作的或失业的演员、舞者、歌手,亚力自然而然地供养他们,而且常常找理由塞钱给他们——请他们给他建议,帮忙翻译一点东西,带他去看外景,陪他去参观美术馆。

可是发展经费有限;亚力上回来这儿拍电影或导戏的时候,资金比较充裕。德蕾莎晓得他这回的经费不多,钱却花得像流水。虽然鲍罗和亚力每天都在赶工,剧本依然没有成形。

故事是有一个,但是细节不多。在巴西的一个风景秀丽的偏僻角落,在崇山峻岭的山脚下,居住着一群像班这样的人。他们靠着森林里的水果和蔬菜为生，用木棒和弓箭打猎，而且知道用火——事实上，在影片的过程中，他们会看到闪电击中一棵树，燃起了火。

问题是，除了发现火以外，就没有别的情节了，只剩下基本部分：山洞、狩猎、交配、采集植物。班听着这些，晓得它错了，但是不知道错在哪里，或为何不对：他们并没有征询他的意见。有时亚力和鲍罗忧虑地检视他们胡乱写在纸上的笔记后，会抬起目光来。到目前为止他们已经有许多初稿、大纲、发展剧情了，而且，仿佛不懂他们正在做的这件事似的，他们眉头深锁，深深地注视着班，但就是看不见他。

好吧，他们到底要如何继续下去呢？或许有一群更文明的人进入这幕怡人的场景，然后……什么？这两个种族会交配，产生新的种族？新来的人会杀光班的族人，而班会成为一位英雄，为了保卫他们而光荣牺牲？或许还是让班的族人杀光新来的人好了，延后一个迟早不可避免的命运，因为这块土地上正到处繁衍着这个新兴民族。要找这些主角不难，他们只要用当地的印第安原住民就行了。可是，哪个地区呢？必须去实地勘查一趟，决定地点，他们的讨论就从那些会很高兴得到一些钱的可怜部落开始：关于那一点，他们丝毫无须怀疑。

他们依鲍罗的建议所决定的地区——马托格罗索山区——目前正受到暴雨和洪水恶劣天气的侵袭,勘查之旅延后一周出发。在这段等待期间,讨论继续进行,他们说要带班搭普通航班去某座城市,再从那儿包租私人小飞机前往目的地。亚力和鲍罗理所当然地认为他们必须把班带去,他在隔壁房间听到这两个男人的谈话,心中本来就忿忿难平的痛苦因而更加加深了。他们要带他去哪里?他们再一次要他离开好不容易才熟悉的地方,上飞机,然后再转机。新地方,或许又是另一种新的语言。

他问德蕾莎,他们何时要带他走?她说就快了。她跟亚力争辩,带班去太残忍了。难道他看不出米班有多难过吗?

有天晚上,夜深了,客人正想离开时,他们听到了一个规律的撞击声,咚,咚,从隔壁班的房间传来。他们本来没注意到他悄悄离开了大伙儿,大家都在谈论导演所决定的丘陵和山脉。德蕾莎悄悄地打开班的房门,看见他蹲在地板上,双掌支撑身体,正在用头撞墙,咚,咚,咚。德蕾莎关上房门,回来说出了她见到的景象。

"孩子都这样,"亚力说,"我邻居有个小孩就这么做。他用头撞墙,有时要撞上好几个钟头。医生说没关系,不会受伤的。"

德蕾莎说:"他不想去。他很害怕。"

整群人都静静地听着:咚,咚,咚。

"再这么下去会撞昏他的脑子的。"有人开口。

"不会的,不会的,"亚力说,"别理他,没事的。"

客人走了。亚力和德蕾莎坐在那儿听着。这事让人感到不安,德蕾莎忍不住热泪盈眶。光是听着,她的心就抽痛不已。撞墙声一直持续下去,不曾间断。她回班的卧房去。他一面撞头一面啜泣,小孩般地呜咽,德蕾莎跪在他身边,伸手搂着他,安慰他:"班,亲爱的班,可怜的班,没事了,我在这儿。"他发出了一大声痛苦的怒吼,转身扑向她,她感觉到那张毛茸茸的面孔贴在她赤裸的胸脯上面,晓得怀中搂着的是一个小孩,至少是一个孩子的苦痛。"班,没了,你不必去任何地方,我答应你。"

她留在那儿陪着他,在地板上搂着他,他渐渐停止了啜泣。亚力关心她,来门口瞧了一眼,又退出去。班安静了下来,德蕾莎将他拉起来,送上床。她回到外面找亚力,用挑衅、泪潸潸的目光向他挑战："你不能带他走,我答应过他了,你不能这么做。"

"好吧,我想我们不是真的需要他。"亚力说。

可是他们要去的山区依然在下雨,每夜人们围坐在餐桌旁吃吃喝喝,争执,开怀大笑,就听到隔开这间客厅和班的卧房的墙壁,咚咚地传来班的痛苦和愤怒。

他的愤怒威胁着要从心底迸发出来,跳到手掌心中;他想打人,想咬人,想摧毁,主要对象是亚力。班并不相信德蕾莎的话,不相信亚力会把他留在这儿;亚力只是在哄骗德蕾莎,就像他使诈把班骗到这儿来一样。

那个咚咚声好可怕,直接向在场每位倾听者的神经控诉,让人根本无法忽视它。他们全都很努力,可是谈话中断,变成专心的倾听。亚力会说："别理他,他伤不了自己。"谈话就再度展开,达到高潮,好盖住撞墙声,可是所有的面孔都流露出领悟、恼怒,甚至恐惧的模样;不久他们又再度安静无声,他们的酒杯拿在手上,食物被抛到脑后,忘记了。砰,砰,砰,撞在墙上。

"他一定弄伤脑子了,"鲍罗抗议。可是亚力又说了:"不会的,孩子都这样,这没什么。"

事实上，夜晚的撞墙声告诉了亚力，他在尼斯饭店产生的幻象，虽然一直鲜活地保留在他的想象力中，却不足以带这部影片通过不可避免的重重困难、危机，以及难以预料的事。但他依然必须拼凑出一个剧本，至少要有一个详细的大纲，才能吸引更多资金，真的把它拍出来。

虽然山区依然在下雨，亚力和鲍罗还是决定飞过去。他们预定星期一出发，到了星期日，从中午起，这座欢乐公寓就挤满了人。导演至少要离开一个星期。在这间好客的公寓里只剩下班和德蕾莎，她会照顾他。班可以听到谈话声，谈着所有的安排，他在房内踱来踱去，好似那是一个笼子。他走出房间，站着看所有的人。他们没看到他在那儿，他们全都有点喝醉了，彼此很亲切，有点吵闹。德蕾莎的手臂搂着亚力，她的黑发垂在他的脖子上。班走到门口，独自离去。那是午后，接近黄昏，阳光已经打斜，夕阳四射，没有日正当中那么耀眼。班不晓得自己想做什么，他走向变成一片耀眼蓝色的海洋，在墨镜后面的眼睛隐隐刺痛着，但是并不严重。呈现在他面前的，是长长的白色沙滩，有好多人在那儿躺着或嬉戏着。在浪花中跑着跳着的人更多。女孩们都穿得好少：是的，前面有一小片布遮着，还有更小片的东西藏住乳头。他胸中充满了难以压抑的愤怒,想伤人或杀人,他精力旺盛。他沿着海滩的边缘走,努力不让四处反射的夕照碎片刺进他的眼底,他倾听着海浪、人声、笑声的噪音。那一大群人,这么多人,全都晓得如何和平共处,尽管他们的肤色、身高、体型不尽相同,没人因为他们跟别人不一样,就盯着他们瞧。

那片海滩,就像里约的其他海滩一样,也有扒手帮派出没,多半是孩童或青少年,他们在班从街道转入海边起就盯住他了。他们有个戏法是这样玩的:先派个青少年,或者年纪更小的,丢一团油到想捉弄的对象的鞋子上,起初被捉弄的人可能没注意到,后来才发现一只或两只鞋上沾着恶心的白色油脂。班发出一声怒吼。这些恶作剧的孩子是分组运作的,平行地跟在受害人身旁,等他看见这块斑点时,其中一个跑上前表示愿意将鞋子擦干净,并开出一个价钱。班身上没有钱,而且他早就已经气得快抓狂了。他逮住这个正带着抹布弯下身子假笑的青少年,握住他的手臂并且开始勒紧他,而他——不是这个青少年,他已经没气了——则愤怒地咆哮和怒吼。全帮的人立刻围过来拯救他们的同伴,有个巡逻警察注意到这一幕,立刻跑过来。如今班的身子在一群半裸的小男孩下面苦苦挣扎,不时露出他的一条手臂、一条腿或他的头。

亚力和德蕾莎跟随着友人,正奔向这一幕,这使得附近的海滩变得寂静无声。德蕾莎用葡萄牙语对着警察高喊:"停,叫他们住手,他是跟我们一起来的!"

"是谁?"从这群攻击者下面传来班的咆哮,根本看不见人影。

警察看到什么就打什么,一颗头,一条手臂,一条腿,也揪住一些青少年的头发,将他们抓起来。有人叫了一声:"警察来了!"这群青少年立刻作鸟兽散,拔腿就跑,其中有些还挂了彩。有一个好像断了一条手臂。班低头弯腰蹲着,双手护头。他的衣服几乎都被扯下来了,他的衬衫则在一个逃窜而去的青少年手中,他脏掉的鞋子也不见了。

德蕾莎跟警察展开尖锐的争执。"他是跟我们——他是跟着他的……"她指着亚力,"我们在拍一部影片,是为电视台拍摄的。"这个临时想起来的托辞让警察作罢,退后几步。他打量着班,那一副毛茸茸的肩膀,那张多毛的面孔上挂着痛苦的笑容。

德蕾莎伸手搂着班,他的胸膛痛苦地吐出闷气,发出咕噜吐噜的怨声。德蕾莎晓得它可能会转变成呜咽,她晓得,这必然会在警察的脸上引起一个反应,那就是停止愤慨忧虑,开始变得残酷。

"走吧,班。"她说着带着他走开。亚力走在班的另一侧,班没理他,只望着德蕾莎,用充血的可怜脸庞恳求她救他。

警察站着凝视,目送他们离开。亚力、班和德蕾莎走在前头,其他人尾随在后。

公寓里的客人依然围坐在餐桌旁,几乎没有察觉到班走了,只有少数人出去追他。他们向来只看过班穿着干净、帅气衣服的模样,如今被眼前的景象吓呆了。

德蕾莎带班去浴室,然后像老妇人般毫不尴尬地脱下他身上剩下的衣物,温柔地对他说:"没事了,现在你安全了,别怕,可怜的班,站到浴缸里来,这就对了。"德蕾莎冲洗掉沙子和泥土,止住他额头伤口的血,把他被撕破的长裤丢进洗衣机,再取来干净的衣服,帮他穿上。他听话地让她替他做这些事,顺从她的要求转身、举起手臂或抬脚。

他吓坏了,呼吸不顺,脸色苍白,眼底有一抹阴郁、失落的神情。

她跟他一起坐在他的床上,摇着他,"没事了,班。我是你的朋友。没事了,以后你就会明白。"

那一夜是亚力离开的前夕,德蕾莎本该在他的床上跟他共度春宵,结果却跟班在一起。他穿着整齐地躺在床上,没睡着。她握着他的手,轻柔地跟他说话。她为他的消极被动和漠不关心感到忧心忡忡。这位在短暂人生中见识过各种人间疾苦的年轻女人,很清楚这个班,这个未知的生物,正处在危机中,经历某种内在的蜕变。

早上,两个男人启程赴机场,德蕾莎跟班被留在公寓里,有足够的钱可以养活他俩。班的钱大部分都还没用。

现在班从房间里出来,坐在大餐桌旁,不像过去那样怕碍手碍脚,老是坐在墙边的椅子上。他坐在那儿环视这间空无一人的客厅,看着德蕾莎收拾和打扫,并且乖乖地吃下她为他们俩做的食物。

他的确改变了。海边那一幕带给他某种领悟:青少年蓄意的欺骗,还有攻击,以及他尽管孔武有力还是难以招架的无助——他们人太多了,按住了他,压着他,使他动弹不得——使他的愤怒消失,只留下哀伤,因为他晓得在那段短暂的片刻中——或许三分钟,甚至更少——他的身体是全然无助的。一直到那一刻之前,他总以为凭着自己的蛮力,还有个依靠,还有最后一道防线,不必完全任人摆布。可是这回,人们萌生残酷的恶意企图伤害他,他竟然无力保护自己。

他问德蕾莎:"我什么时候可以回家?"

德蕾莎晓得他以前住在伦敦,心想他大概是这个意思,可是她谨慎地说,她只确定亚力一定会送他回家。

"我想回家,"班说,"我现在就要回家。"

德蕾莎收拾完屋子煮好饭后,端了一杯果汁给班,自己也拿了一杯在他身旁坐下。他真希望她会一手揽着他的肩膀,这样她柔软的黑发就会垂在他身上,她的确这么做了。"可怜的班,"她说,"可怜的班,我为你感到哀伤。"

"我要回家。"

德蕾莎也想回家,像班一样,她也几乎不晓得可以称得上是家的那个地方究竟在哪里。

这是德蕾莎的故事。她出生在巴西东北部的贫穷小村庄,近年来干旱肆虐,动物死光,良田化为黄土。她记得干旱和饥荒，亲眼看着邻居大举迁往南方，去里约或圣保罗。父亲说他们家也必须离开，留下来只有死路一条：父母带着四个小孩就此背井离乡，德蕾莎排行老大。他们搭巴士走了一段路，然后就得在搭车或吃饭之间作抉择。他们徒步走了好几天，靠面包填饱肚子，或是到田里偷玉米，越往南走田野也越翠绿。最后他们来到里约市外一处拥挤的贫民窟，那儿的房子盖在山坡上，一间比一间高，越高越好，因为下雨时污水会被雨水冲刷下山。他们用仅剩的一点钱，在山顶的树干上用塑胶布搭了一个窝，下面是类似的简陋棚户区和好不到哪儿去的住处，杂乱无章地挤在受到雨水侵蚀而逐渐变得狭窄深陷的道路裂缝之间。钱终于用光了，一点也不剩。父亲跟着其他同病相怜的男人出去抢工作，有时找到了一两天的临时工。他们又饥饿又绝望。后来发生了一件事，起初德蕾莎也不明白，她只晓得贫民窟的女孩出卖身体赚钱。父亲没说什么，母亲也没说什么，可是她懂得察言观色，他们希望她养活一家六口。德蕾莎向已经在养家的女孩打听。她们晚上徘徊在军人出没的军营附近，或去小混混逗留的咖啡座。这些女孩大都觉得自己很低下，是垃圾，无法冀望更好的境遇。想要往上爬就得有钱买件好衣裳和鞋子，可是她们一拿到钱就落入家人手中。德蕾莎是个聪明的女孩，有远见，她可不打算一辈子当阿兵哥泄欲的妓女。她先跟另一个女孩一起出去，看看事情是怎么进行的，轻易就吸引了一个阿兵哥，靠墙站着就要了她，他给了她足够的钱买好几天的食物。德蕾莎好怕染病，也怕自己永远无法脱离这种生活。只要有机会她就跟士兵出去，存下足够买衣服和鞋子的钱，其余的交给母亲。"这是全部吗？"母亲说着把钱收走，她的声音沙哑，目光羞愧，时时责骂德蕾莎，虽然她们以前曾像是好朋友。贫民窟居民每天黄昏目送女孩出门时，都恼羞成怒地碎碎念；每当她们回来时，男人们又会来纠缠她们，强迫她们免费跟他们燕好。

德蕾莎本来是个上教堂的好女孩；神父和学校里的老师都喜欢她，经常告诉她的父母这个女孩是上帝的赏赐。如今她却成了人们用脏话咒骂的对象，她觉得自己很污秽。从北方一路走来那几个星期，她穿着破洞的牛仔裤和父亲的旧衬衫。她在这里还是穿着这些来拉客，因此只能要到很少的钱。她没有地方可以洗澡，头发又油腻不堪，她晓得自己很臭。

她必须强迫自己用这副模样进商店去买件洋装,她很怕他们会把她赶出来,但她晓得自己要的是什么:她在人行道上看过一件吊在橱窗展示的洋装。她走进去,钱拿在手上,说道:"我要那一件。"她晓得她不能试穿,她的身体太脏了。店员收下她的钱,把衣服放进一个袋子里,摆出冷淡而生气的表情。"请你帮我保管几天就好。"德蕾莎说。

店员本来不肯,可是德蕾莎恳求的眼神使她改变心意。她把袋子收起来,但是只答应保管一星期。德蕾莎晓得她不能把那件衣服带回贫民窟:母亲会把它抢走拿去换吃的。她心里也同意母亲是对的。她太了解眼睁睁看着孩子乞求不存在的食物内心有多痛苦。

德蕾莎在黑夜里靠墙站着,甚至大白天也去,直到有钱可以买双好鞋子。她去店里拿衣服,在公园的树丛后面换上,那是一件红色洋装,穿上时乳沟微露,有着明显的腰身,仿佛换了个人似的。她穿上秀气的高跟鞋,很快就会发现,要穿着它们走路是很困难的。现在她必须找个地方清洗自己,这比她所做过的任何事情需要更大的勇气。她大胆到一家大饭店去,最好的一家,就这么大摇大摆地走进去,仿佛她就住在里面。最难的是穿着那双鞋子走路,还要让人以为她走得很习惯。饭店大厅里的员工的确好好瞄了她一眼,但以为她是来客房拜访某位男士的。她找到了一间盥洗室,里面没人。她拉起洋装,用事先带来的毛巾从腿一路擦洗到腰部,再脱下洋装洗腋窝和乳房。她很想把肥皂带回去给家人,但是自尊心阻止了她:我不是一个贼,她下定决心。有人进来,几乎没瞧德蕾莎一眼,径自进了厕所,再出来洗手,就站在正在洗手的德蕾莎旁边。

闯入者走了,现在德蕾莎全身除了头发以外都干净了,所以她必须冒一个更大的危险。她清洗了头发,暂时听不见四周的动静,幸好当她把头发从洗手盆拉出来,站着向后拧干时,才有一个妇人进来瞧见了这一幕,但是没说什么就离开了。德蕾莎梳好湿漉漉的头发,她晓得现在洗干净了自己:穿着红色新洋装,踩着白色高跟鞋,头发平顺有光泽,她就跟任何人一样好。所以她走出了饭店,坐在露天咖啡座,让头发晒干。那是接近中午的早晨。她不晓得如何判断那儿的人,多半是游客,其余的则是像她一样从贫民窟来的女孩。像她一样,她们也都长得很漂亮。只要穿上高级洋装和鞋子,有足够付杯饮料的钱,就算是从全世界最糟糕的贫民窟来的漂亮女孩,也可以坐在高级饭店外面的露天咖啡座上，没有人会说半句话。不过，侍者可能会。其他客人或许不晓得她们的身份是流莺，但服务生可是清楚得很。

服务生过来时，她点了一杯柳橙汁，一个人坐在那儿，坐了很久。她看到其中一个女孩跟着一个男人进了饭店。最后终于有个男人过来跟她坐在同一桌，她必须鼓起勇气。他是个观光客，德国人，只会说十个字左右的葡萄牙语。他问多少钱，她告诉他一个好大的数目，等着他来嘲笑她；可是这是一家知名的饭店，她知道这一点，这里的人都穿得很好，也吃得很好。他同意了。现在她面临一个紧张的关头：他会不会问她有没有房间？还好他没问，他挽着她的手，一起走过市中心到一家比较小的饭店去，没人阻止他带她进电梯。她拎着服装店的漂亮袋子，里面装着她的旧衣服，气味不好。走出电梯时，她设法把袋子留在电梯内。

这个男人喜欢她，要求她每天过来，他要在这儿待一个星期。这是一个天大的运气；当时她还不晓得自己有多走运，不过这或许也不是纯靠运气。照着房内的长镜子，她发现自己很美，天生妩媚动人；她并不介意陪他，他不像阿兵哥。

陪这个德国人过完一个星期后，她带给母亲的钱就比以前所赚的加起来还多,可是这还不是她的全部收入。她身上随时带着一大叠现金,缠在乳房下面,而且对这种危险处境深深地着迷。银行不是她这种人去的地方,她甚至连身份证都没有,万一被警察逮到她的麻烦可大了。她去排队排了一天,拿到了身份证,一张小纸片,说她是德蕾莎·艾维丝。这张身份证教她大失所望,这并不符合她对自己的感受。这张证件也没有解决她的存钱问题。某位商店老板愿意替顾客保管现金,只收取一点费用,可是她并不信任他。然而,她又不得不把身上一半的现金托给了他。

她有一个星期没有去饭店外面的露天餐厅,等她再去时,她又买了一件新洋装——绿色的,而且生平头一次上真正的发廊去做了头发。她是那些桌旁最美的女人,立刻就钓到了另一个客户,一个希腊人。她的饭店生涯十分顺利,就这样过了好几个月。家人都吃得饱了,她的存款也增加了,她计划脱离妓女生涯。她现在不像过去跟阿兵哥在一起时那么害怕染病,不过还是很紧张;她去看过医生,对方告诉她,到目前为止她很健康。

当妓女是很花钱的。她晓得这个行业成本太高,昂贵的衣物、饮料、化妆品、发型,还要付钱请饭店的女服务生保管她的好衣服,这笔费用相当于她父亲当个穷农夫的一生所得。

然后,她又有了一个幸运的突破:她晓得,她很幸运。她的客户当中有位美国人,在剧场工作,把她作为当地风俗习惯的消息来源,带她去勘查外景景点,要求她翻译一些简单的东西——到这时她已经学了一点点英语,不多,但是足以让她看起来好像懂得很多。所以她在电视、电影、剧场那个圈子里渐渐出了名,而且有了工作。虽然正经工作赚到的钱比较少,她还是毅然决然地告别了神女生涯。她在里约租了一间廉价房间:终于有地方可以存放她的钱和衣服。她每隔几天回贫民窟一趟,母亲苦涩地讽刺她,说她是个忘恩负义的女儿,打算让全家饿死,很快就要插翅飞走了。其实母亲知道德蕾莎永远做不出这种事,两人都晓得母亲只是恼羞成怒。德蕾莎告诉她,她有份好工作,可是父母并不相信她,只是假装相信,给她留个面子,也给他们自己留个面子,这样他们才不会觉得自己是在靠一个妓女的灵肉钱过日子。

这个家庭比贫民窟的许多家庭都过得好一点。父亲盖了一间铁皮屋顶的砖房,好躲避大雷雨。屋里有两间房间,里面不是住六个人,而是三个,母亲、父亲和体弱多病的小妹。德蕾莎的两个弟弟,大弟十四岁,二弟十二岁,都加入了横行街头的少年帮派,靠偷窃过日子,有什么就偷什么。他们回家来都只是来要钱的,一得手就又走了。有时候,德蕾莎看见街头少年帮派时,总要放眼寻找弟弟,只见他们急急忙忙经过,要不就是眼神茫然地在人行道旁闲晃、吸毒。他们自己吸毒也贩毒。她责骂他们,可是晓得她应该要畏惧这些酷酷的又残酷的大街上的孩子,他们为了区区一把零钱就杀人不眨眼。可是她帮忙带大他们,最近还养过他们,因此她觉得她有资格教训他们。她给他们钱,又得提防这些帮派,因为来要钱的可能不只她的弟弟而已。

两年前,亚力在写剧本时雇用了她,他们成了情侣。起初她只是帮他一个忙,不希望他以为她是随工作附送的。不过他根本不介意,甚至没注意到其中有什么差别。他喜欢她,依赖她,根本不知道她曾经走过艰辛的肮脏道路——起先真的是从遥远的濒临消亡的村落走出来,然后是利用她的肉体来逃离贫穷。他向来随遇而安,在里约有可爱的德蕾莎,当然是他应得的。他习惯过优越的生活,出手大方。"我有个母亲,"她说,"我要奉养她。"所以他给德蕾莎一份优厚的薪水,比他原先想给的还多。多亏了母亲的存在。

德蕾莎思考自己的处境,不禁感到一阵恐慌。母亲、父亲,还有体弱多病的小妹,全都依赖她一个人接济,她还计划要拯救弟弟们。问题是,她跟一个小歌星合租的公寓房间极小,无法接弟弟来同住。如果她能够赚更多的钱,就找个好一点的住处?可是她不打算回去当妓女。责任就像她必须扛起的沉重袋子一样压在她的肩头。她今年十七岁,但假装二十二岁,就像她假装自己懂得的英语比实际上还多一样。她经常梦见故乡的村庄,虽然那儿很穷,生活很苦:至少她在那儿曾经得到照顾。她渴望有个人站在她和环绕着她的险恶处境之间。她知道,她要的是母亲强壮的肩膀。

所以,德蕾莎坐在那儿,一手拄着头,心想一个不久前还在泥巴中奔跑的小女孩,怎么会这么快就扛起如此沉重的负担;跟她一起坐在桌旁的班,则一直哀叹:"我要回家。"有时德蕾莎伸手搂搂他,"可怜的班。"甚至,"你是个好孩子,班。"即使在说这句话的时候,她也不忘提醒自己,这可是一个长了胡子的大男人,护照上说他三十五岁了,尽管他曾经告诉过她,他只有十八岁。人们把他当做更年轻的人对待,因为他的行为举止就像个听话的孩子。她想,你怎么对待一个人,他就有怎样的举止。所以她改变自己对待他的方式,像要求成年人似的要求他帮她做点小事,像是做份三明治,或泡杯咖啡;她相信因此在他身上看到了改变。

他并没有一直跟她坐在一块儿。大客厅跟他的卧房之间的房门通常是敞开的,她晓得他在做什么。他常常一个人躺在床上,或坐在上面试戴墨镜。午后阳光刺眼地洒进屋内,所以有时候班好像置身在一池颤动的水中。对他来说,光线的碎片像针般刺进他的眼睛,让他感到头晕目眩。他试戴墨镜,一副试过又一副,结果总是戴上最深的那副;李察帮他多买了几副。然后当白天的光影在墙上游移出不同的光泽图形时,他又尝试摘下墨镜。"我的眼睛为何如此与众不同?"他憎恶地问,质问称之为宿命或命运的东西——那是被老妇人和德蕾莎一声声可怜的班所召唤出来的痛苦情绪。可是为什么?为什么他会如此与众不同?

在同一时间,亚力和鲍罗远在山区,他们从一天只有一班飞机的城市租小飞机抵达了目的地。他们本想开车进入山区,可是雨下得太久,道路塌方了。他们落脚在一家小客栈,鲍罗上次来这个地区勘查时,就是住在这家专门招待偶尔来访的采矿者、人类学家或地质学者的招待所。客栈有四间房间,四周环绕着一座很深的阳台,这两个男人就坐在这儿讨论剧本。他们已经徒步走过好几座山,心中想着班和他的族人。问题是,亚力在尼斯的饭店看到班的族人的幻象虽然依然鲜活,所以他经常提起它,仿佛那是一张可以兑现的支票,然而他却更常看到班的现状——一个苦恼生气的生物,他和鲍罗都相信班大概病了。班让亚力感到内疚,有时他很懊悔自己把班带到巴西来,甚至懊悔这整个点子。它根本行不通。事情如果行得通,就会很顺利,他们就会动力十足,一切都恰到好处。当好运来临时,天时地利人和,即使是杂志中的文章或随手拿起一本书,都会有助于情势的发展。可是这部电影的企划从一开始就搁浅,诸事不顺,甚至停顿不前。他们重新开始剧本多少次了,原本以为不错,却又开始怀疑,晓得它不够好。亚力现在晓得了,班的动人风采才是带着他们前进的原动力,但那是过去的班;现在的班变成了障碍,锁住了他们的创意与想象力,当他们想到他时,听到的是他用头撞墙的呼、呼、咚、咚声。他们倒是开玩笑说,这个声音很像采矿声。他们听得见客栈附近一座小矿场传来的采矿声。这个笑话是,他们尝试把班带回可以提供他们点子的合适环境中。

他们不但走遍了好几座丘陵和小山,也拜访了一个印第安部落,就是在那次会面后他们才开始了这个过程——起初是默默地,如今则是公然地——将班从这部电影中删除。

他们第三次搭一部四人座的小飞机飞越森林和河流,降落在一座热带雨林里,那儿的人没有敌意,而且很满意鲍罗建议他们带去的礼物:有两部收音机,附带很多的电池包在厚厚的塑胶袋里以防闷热的湿气,还有罐头食物、衣物和小刀。鲍罗会说几句当地土话,负责沟通,亚力则默默地坐着,不过他的眼睛可没闲着。多俊的脸庞啊!多壮的体格啊!这些人是多么美的民族啊,在河边过着尚未堕落的生活。在他们的早期剧本里,就是这样的民族入侵了班的族人的地盘,然后……当时鲍罗和他都无法决定接下来怎么办。

那儿有美女,其中有一个特别美,是亚力平生见过的最细致的绝世美人。听说她大约十四岁,很快就要结婚了。这个部落并不反对被拍进电影里,可是也有一些约定,其中一个条件就是不能将年轻人带离这儿去接受大都市的诱惑。对这些人来说,大都市指的是距离此地一小时飞行时间的小镇,甚至连电影制片在地图上都找不到的一个地名。

那个女孩打动了他俩的心;他们都承认自己深深为她倾心,决定回客栈去改写剧本。经营客栈的老夫妻每天早上都问他们想吃什么,结果送来的总是鸡肉米饭、豆子和辣酱,除了鸡肉还是鸡肉。他们喝靠电池运作的冰箱冷藏的啤酒,因为山上的电力供应纯靠运气,停电是常事。他们把早期的脚本全部扔掉,用这个部落和这个女孩做起点重新开始。说班彻底消失了也不对。起初这个女孩儿被迫嫁给山里的野蛮人——他挖到了金子,想用金子买这个女孩。这个男人还保留着亚力心中班的一些特色:一个粗暴的傻子。后来追求者失去了他的蛮力,瘸了一条腿,成了残废;女孩医好了他。所以你可以说班其实缩小成一条跛腿。结果他们真的拍出了一部电影,而且拍得很好。女孩成了电视明星,在里约的荧幕上天天都可以看见她。这是一种快乐的结局,女孩当然如此认为,至少在她的演艺生涯之初是如此;等她年纪大一点时可就没这么肯定了。

同一时间,亚力飞到一座小镇去打电话给德蕾莎。亚力说他还要在这儿多待一个星期左右,住在这儿很便宜,他们想再次去拜访某个部落;请德蕾莎继续留在公寓里照顾班,让他有心理准备,他不用拍电影了。

德蕾莎很愤慨,所以没有隐瞒这个情绪。他们不该如此对待班:刚刚把他捧起来就又狠狠抛下他。她也暗暗感到高兴,却隐瞒了这一点。她晓得他们如果把他拍进电影里,班会受到更大的伤害,那是说,如果他们拍得成的话。她很冷静,跟亚力谈条件和处境。钱快花光了。呃,亚力说,她可以用班的钱,亚力会还的。班好不好?"他——很好。"德蕾莎说,没告诉亚力什么,也不打算说什么,"他很好。"

"好极了,"亚力说。

"我要不要告诉他,你很快就会送他回家去?"

"好啊,好啊,我告诉过他我会的。可是我在想啊,德蕾莎,如果他喜欢里约的话,也可以留下来,你看呢?"

"他想回家。"德蕾莎说,她的声音哽咽。

"好,好,没问题。告诉他我很快就回来。"

德蕾莎告诉班他不必拍电影了,因为她晓得这会让他开心,可是没告诉他亚力很快就回来,因为她晓得班很怕他。

两星期就这么过去了。然后是三个星期。日子一成不变。早上德蕾莎出去买新鲜面包,替自己泡咖啡,倒果汁给班。她努力劝他多吃点,可是他已经胃口尽失,又瘦又可怜。德蕾莎喜欢去海滩散步,可是班没办法去那儿,她又不能抛下他一个人太久,所以她只好带他出去泡露天咖啡座,不是去她从赤贫平步青云的那家饭店,而是去无人知道她过去底细的另一家。他戴着墨镜和她买给他的巴拿马草帽,老是把帽檐拉得低低的,遮住眼睛。他们在那儿一坐就是好几个钟头,光是喝果汁和看人。德蕾莎对班的反应深感兴趣:每当他的胡子露出雪白的牙齿时,似乎就显得退缩。"怎么啦,班?""他很坏,"班会这么说,"他会伤害我。""可是有我陪着你,班。"她努力想从这个显然无害的人身上看出吓坏班的究竟是什么,但是徒劳无功。有时他也会现出满意的微笑,她看到的是同样没有威胁性的人,多半是女人。"班,你对女孩子微笑时必须当心点。""我喜欢她。"班会这么说。有一回他说:"我想她也喜欢我?"在这样的远足后,德蕾莎总是心满意足地带班回家去,庆幸他们避开了诸多危险。她会煎一客牛排来撩起他的食欲,也为自己做份三明治。在漫长闷热的午后他们懒洋洋地虚度光阴,她的朋友可能会顺道来访,一两个左右,可是傍晚过后这儿就又高朋满座,跟鲍罗和亚力在的时候没有两样;只不过现在客人会带瓶酒来,或带一些肉来煮,或是水果。这个地方没办法再像过去那样慷慨地开流水席待客了,因为德蕾莎没钱可以浪费,又不肯多花班的钱。班并没有躲回卧房去,反倒留下来,甚至跟他们同席。他并没有被纳入谈话中,话题总是一再岔离他所知道的事物,可是他很用心地听,听懂的比德蕾莎和其他人想象的还多。他们全都很爱笑,他常常纳闷到底是什么事情让他们感到如此好笑。对他来说,那常常是吓人的事。他越来越常想起老妇人,想起她对他的照顾,想起她的慈祥;他甚至把那只猫想成他所失去的伙伴。班晓得爱莲·毕格斯已经死了,可是这并不能阻止他思念她,把她想成一个依然欢迎他的人。

来造访德蕾莎的人比亚力的客人层次低。没有电影导演和编剧,没有知名演员和舞者。这些都是小人物,在剧场和电视圈的边缘混口饭吃,像剧场技术人员、公关女孩和一个德蕾莎结交来学英语的翻译者。有个化妆师将她所有的本事倾囊传授给德蕾莎。德蕾莎也跟一个在水手经常光顾的俱乐部驻唱的歌手学会一些歌曲和弹吉他。没有贫民窟出身的女孩,没有任何记得德蕾莎的过去或不久前经历的人。在这些人当中,德蕾莎暗地里认为,有个年轻女人是她努力效法的对象。她的名字叫做茵妮丝,出身名门,父亲是大学教授,她则在一家科学实验室当研究助理。德蕾莎在拍一部关于基因、遗传那一类的电视短片时结识了她,同时也咨询了茵妮丝的父亲。茵妮丝深受剧场吸引,就像那些自出生以来就活在常规中的人一样,她认为自己的一生已经注定可期。

德蕾莎对这名聪明的年轻女人心生敬畏,她所受的教育意味着她的谈话总是充满了德蕾莎做梦也想象不到的可能性。茵妮丝也迷上了德蕾莎。当德蕾莎告诉亚力,她走了几百里路才抵达里约时,亚力没有反应,茵妮丝却很清楚德蕾莎逃离了什么。她曾经飞越那片干旱地区,尘云笼罩,她几乎无法看清楚下面干涸的河床以及在黄土中没顶的村落。她知道贫民窟的事,德蕾莎的经历让她的心中充满怜惜、好奇和不安的内疚。在里约,你是躲不开贫穷的,它总是在那儿,在每条街的转角迎接你:无家可归的孩子衣衫褴褛,成群结党成了街道帮派。他们像一捆没人要的旧衣服似的睡在人行道上；像鸟群般蜂拥进喷水池，喋喋不休、大呼小叫；然后像鸟儿般一边喝水一边留意随时可能把他们抓去关起来甚至杀害的警察。

当茵妮丝得知德蕾莎在贫民窟还有一个家时，她问可不可以带她去看看；她向来都想直闯贫民窟去见识一下，可是又没胆量一个人去，现在有了德蕾莎她就有了保镖。起初德蕾莎拒绝了，生怕这位聪慧而有洁癖的朋友可能会瞧不起她，不过后来她还是答应了，因为她有个私心。她叫茵妮丝穿上一双耐磨的鞋子，自己则换上牛仔裤、白衬衫和平底鞋。两个年轻女人叫了一辆出租车，搭到看得见贫民窟的地方，再徒步上山，然后费劲地跋涉过脏兮兮的小路，穿越棚户和陋屋，登上山顶。德蕾莎的父亲睡在一张用塑胶带和从垃圾堆找来的木架搭建的床上；母亲则坐在用麻布撑起来的小门廊下，腿上抱着生病的小女儿。

母亲的表情没有丝毫怜悯之心，只瞟了女儿一眼，德蕾莎看也不看地交给了母亲一个装了钱的信封。母亲冷淡地招呼茵妮丝，虽然德蕾莎晓得，母亲对她另眼相看，因为没有人会把茵妮丝看成妓女，她太优越了。母亲并没有招待他们任何东西，但德蕾莎自顾自走过沉睡中的父亲身旁，到柜子上去拿塑胶瓶装的水,倒了两杯给茵妮丝和自己;可是没地方可坐。德蕾莎看得出来,茵妮丝不想用一个她认为必然受过污染的杯子喝水。两个年轻女人站在那儿,母亲则坐着为睡着的小女儿扇风,望着下面杂乱无章的棚户区屋顶。然后她发了慈悲,问茵妮丝是做什么的,茵妮丝说她在一家实验室工作。这个愤怒的女人下定决心绝不现出笑容,她把孩子放在墙角的床上,端出了两张凳子,一张给茵妮丝,一张给德蕾莎。她问茵妮丝是在哪儿认识德蕾莎的。当她说到德蕾莎时,她的声音带着苦涩的谴责声调。茵妮丝说,是在德蕾莎为一部电视影片工作时认识的。这正是德蕾莎所期望的谈话内容,如今总算说出来了。她的母亲明显地软下心肠,深受感动,过去她总是努力不去看这个丢人现眼的女儿,好似她压根儿不存在似的,可是现在她看着德蕾莎时,却泪水盈眶。在告别的时刻,她拥抱了德蕾莎,她已经有两年没这么做了,她还哭了,德蕾莎也是。母亲泪潸潸地目送着这两个清白的漂亮年轻女孩走下陡峭的山路。

茵妮丝因为这次拜访深受感动,她坐在德蕾莎的公寓里面哭了,班也看到了。她说她是如此欣赏德蕾莎,哦,想到那些可怜的穷人,她真不忍心,德蕾莎能够从那一切苦难当中活过来实在太难得了。德蕾莎知道,茵妮丝是真心诚意的,可是她在心中暗想,我必须感谢你为我做了一件你永远不会明白的事。茵妮丝并不晓得德蕾莎做过妓女;如果她知道实情的话,可能会更欣赏德蕾莎,也更讨厌自己的安逸生活。

现在事情有了转变,这倒没有出乎詹士顿和丽姐的预料。茵妮丝替一位生物学家工作,他是她父母的朋友,掌管这座实验室的一个部门。她跟他提过班,将他形容为一个雪人。"或类似那样的东西。"可是无人能断定他究竟是什么。"他是生物上的一个'返祖现象',"她说,"这是我的看法,你应该亲自来看看他。"

茵妮丝告诉德蕾莎,她的老板有兴趣见见班,她老练地这么说,而不说她从小就认识这个老板,是她父母的朋友。德蕾莎立刻就起了戒心,感到害怕,但这个真实的反应又一闪即逝,因为她敬畏像科学家、科学这样的字眼:她对那些一无所知,她受过的教育只有读书、写字和算术,以及一大堆宗教。她知道她很无知,茵妮丝所受的教育在她看来是望尘莫及的事。她很羡慕茵妮丝可以和科学家做同事;她只认识经常失业的吧女和女演员,以及在俱乐部唱歌换取晚餐和几块钱的歌手。茵妮丝的魅力在于她在实验室工作,而且理解现代世界的奥秘。德蕾莎问这位科学家打算对班做什么,茵妮丝回答:"只是瞧瞧他。"茵妮丝明知自己是在撒谎,可是她所受的教育教导她,真理,科学的真理,比什么都重要。你可以说,她所受的教育跟德蕾莎的一样,也含有很多的宗教成分。她很清楚这件事绝对不是"瞧瞧"班就算了,可是把这个显然是个科学上的谜的生物介绍给可以解开谜底的人,让她觉得自己举足轻重。她没有跟德蕾莎说这些,但德蕾莎晓得自己被骗了,茵妮丝冷静的微笑突然变成了敌人的脸,她们的友谊在那一刹那死亡。

德蕾莎坚持这次碰面不可以吓坏班,所以就安排在下周日,请茵妮丝和她的老板跟几位班认识的朋友一起来家里聚聚。没人告诉班有特殊人物要来。同时德蕾莎则处在焦虑状态下,虽然她相信,局面绝对不可能失控:她不是订下条件和地点了吗?茵妮丝不是保证会遵守吗?

星期日中午,茵妮丝和路易兹·马卡度抵达时,德蕾莎和她的朋友们与班早就坐在桌旁。马卡度年约四十上下,是个英俊文雅的男士,他微笑着让大家安心。他掌管的研究部门调查雨林植物，只是许多类似部门中的一个而已，像班这样的生物不在他的研究路线范围内，不过研究中心里还有另一个部门，事实上那是个恶名昭彰的"坏地方"，由某个会认为班是一大俘获品的人负责。路易兹·马卡度虽然决心不被吓到，但处在这群人中间他显然并不自在。他曾经批评过茵妮丝对德蕾莎太友善了，怪她单独跟德蕾莎进贫民窟去。他说她有可能被杀害或绑架；如果她想找个好丈夫的话（他知道她要的），就应该谨慎点：她如此喜欢这种中下阶层生活，很可能会吓跑有眼光的追求者。

他笑眯眯的褐色眼睛一视同仁地、和颜悦色地环视桌旁的人一圈，然后就集中在班的身上，锐利地审视了良久。班的眼睛回视时似乎变深了，然后便开始在屋内扫来扫去。班照旧给人一个好印象：德蕾莎带她去理过头发，修过胡子；他穿着上好的衬衫，特别为他量身定做的；而且展露笑容，其实这是人们误认为微笑的那个受到惊吓的咧嘴作笑表情。这位科学家伸手来跟班握手，可是班却一直傻笑。

路易兹在茵妮丝身旁坐下。只有德蕾莎晓得路易兹来这儿做什么，他们全都认识茵妮丝，至少也听过她的名字，一个捐钱给剧场的富家千金。谈话持续着，桌上有食物和葡萄酒。班默默地坐着,当他的目光没有明显地寻找逃脱方法时,就盯着路易兹。至于路易兹则和蔼可亲,并没有再像第一眼那样审视班,只是偶尔瞄他一眼,每次都掌握更多资讯。班没吃东西,德蕾莎很怕他会回隔壁卧房去,他们就会再听到那咚、咚、咚的撞墙声。茵妮丝一直赔着笑脸,她看着德蕾莎或跟她谈话时,眼中满是歉意,虽然她并不自觉。这位平常沉着冷静的年轻女人脸上写满了内疚,让德蕾莎感到很不舒服。这不是一个悠闲的社交场合,不久路易兹就说他必须回实验室去,是的,有件事他得去查一查,不管今天是不是星期日,实验是不看日子的。他率先起身,在他的目光下,原本打算留下来的茵妮丝,也只好跟着站起来。这两个优越的白人在有点焦躁的道别和道谢声中离去。

现在众人松了一口气,乐趣和喜悦又回到这个聚会上,可是班却退回他的房间去,戴上墨镜坐在窗边。午后的艳阳将天空照得光亮夺目,在海鸥的翅膀上点燃了一团白火。

访客的声音消失后,他重回客厅,发现德蕾莎还坐在桌旁,正在哭泣。她掉入了一个陷阱,不知如何是好。

"我什么时候可以回家?"班说,"亚力什么时候来带我回家?"

德蕾莎停止哭泣,因为班提起了亚力:他通常是不会提的。班真的吓坏了。她没有回答。

"那个男人是谁?"

"他是一个非常聪明的人。"

"他想对我做什么?"

这个敏锐的直觉确认了她的不祥预感。她承认他是对的:"我不晓得,班,但是他不会伤害你。"

"我不喜欢他。"

德蕾莎也不喜欢他。尽管她和茵妮丝的出身背景有如天壤之别,她们之间却存在着女人间直觉的安心,可是她跟路易兹之间全然不是这么回事。他那和蔼可亲,永远挂着笑容的俊俏脸庞,使她本能地警戒起来。

第二天,他打电话来,德蕾莎说:"我不喜欢那样,我不想那么做。"然后换茵妮丝来跟她说话,德蕾莎说:"不,茵妮丝。我说不行。"班在屋内,所以她很压抑。最后,她同意让路易兹和茵妮丝的朋友阿尔佛雷多亲自来跟她和班谈谈。

她放下电话听筒,发现班恐惧的笑脸正面对着她。

"班,他们要你做点事,不会伤害你的。"班的假笑依然挂在脸上,眼珠子拼命打转。"这没什么大不了,我会跟你一起做同样的事。"

"什么事?"

"他们要你去做检查。"她必须解释什么是检查,可是她知道的也不多,"他们要抽你的血去研究某件事。"

"为什么我跟大家不一样?"

"是的,没错,班。"

"我不想去。"

那一夜门铃响起时夜已经很深了:这个阿尔佛雷多必须从好几十里外山上的研究站赶来。德蕾莎看到班浑身颤抖,说道:"没事的,班。别怕。"

门打开时才发现,阿尔佛雷多并不是优越的白人,而是一个粗壮、皮肤黝黑的男人,跟德蕾莎同种族,有着相同的黑眼珠和黑头发,他们一见如故,立刻用家乡口音交谈。他在十年前背井离乡,跋涉过同样危险的旅程。他的年纪比德蕾莎大,也同样来自贫民窟。他奋力脱离那里,做过各式各样的工作,努力充实自己,运用机智,加上勇者与智者要成功也同样不可或缺的运气的协助,爬到了他的出身所能想象得到的最高位置:实验室助理。那是他的头衔,其实他只是一个供上司差遣的部下。他负责开车接送、清理器材、洗刷工作平台、帮忙准备实验样本。像德蕾莎一样,他也学会了一点英语,比她的多一些。

德蕾莎立刻就明白,派阿尔佛雷多来游说是多么高明的策略:他们的确是聪明人。看见自己的同胞,不只德蕾莎感到放心,连班也觉得这个友善的家伙很好说话,值得信赖。班跟他们一起坐在桌旁,努力想看懂他们在谈什么——他们聊起彼此的童年,各自的浮沉,以及如何逃离贫民窟。他听不懂,就用眼睛看。他晓得这个男人无意伤害他,由于德蕾莎喜欢他,班也跟着喜欢他。可是在谈话结束时,德蕾莎说:"班,他们要你跟我一起去做一些检查。我也做检查——我先做,然后再换你做。你就会看到我没有受伤,不必担心。"

"我不想去。"

在怀旧的闲聊进行时,阿尔佛雷多一直在观察班,现在他说:"他们想了解你的族人。"

"我没有任何族人,我跟我的家人长得不像,他们跟我长得都不一样。我从来没见过任何像我的人。"

"我见过像你的人。"阿尔佛雷多说。

班的反应是如此剧烈,使得阿尔佛雷多到口的话又咽了回去。班向前倾身,眼中尽是感激之情,泪水滚下他的胡子,他握紧那双大拳头,整个人似乎从内心被喜悦的火给点燃了。

"像我?有人像我?"

"是的。"阿尔佛雷多说,他晓得他应该说下去,但是又不忍心摧毁眼前的幸福。班发出短促的哽咽声,但是泪水没有狂泻而下,不是因为心太沉重,而是因为他太快乐了,无法承受。他站起来大踏步跳舞,发出简短的大声欢呼,两位旁观者晓得,这表示终其一生的哀愁正在消逝。

同一时间,德蕾莎满脸疑惑地望向阿尔佛雷多;她晓得他还有话没说完,可是他也跟她一样被眼前的景象震慑得哑然无声。

"像我一样的人,"班欢呼,"像我,有人像班。"他中断舞蹈问道:"就像我?"

"是的,就像你。"

"你可不可以带我去找他们?"

现在,该是阿尔佛雷多说实话的时候了,那就会结束这场狂喜,但他说不出口。至于德蕾莎,她在思考,她完全不晓得班的心上背负着如此沉重的忧伤,虽然她本来就晓得他很难过,也关心过他。这狂喜,这亢奋,是对她无法想象的某样东西的反应,她从来没经历过这样的事情。她曾经不快乐也曾经害怕,可是班有生以来感觉到的究竟是怎样的心情?

班继续手舞足蹈,吵闹声大到德蕾莎开始担心楼下住户的反应;但愿他们出门去了。然后,班回到桌边来,坐下来对阿尔佛雷多说:"你明天可不可以带我去?"

"路很远,"阿尔佛雷多说,"离这里很远。在深山里,路途遥远。"

"我们必须先到这个地方去做检查。"德蕾莎说。

"我们不必去。"班说。

"要去。"德蕾莎说。

"要去。"阿尔佛雷多说。

班终于明白,想见他的族人,就得同意去做检查。在阿尔佛雷多带他去深山找他们以前,检查在他看来似乎变成了一件小事,他答应明天跟阿尔佛雷多和德蕾莎一起去做检查,阿尔佛雷多会来接他们。

他彻夜未眠,德蕾莎也是。她躺在自己的床上,有时哭泣,有时难过,她也想到阿尔佛雷多是个适合她的男人。他喜欢她,如果没有要班做检查这档子事梗在中间的话,那一夜她可能会梦见阿尔佛雷多。可是那些检查——她好怕。她只知道,他们要抽血,她不喜欢抽血,可是她晓得这是稀松平常的事。那儿有针筒,她很怕那些东西。现代医学跟她错身而过,她只去诊所检查过性病,那是她永远不想重来一遍的事。然而,茵妮丝提起检查和针筒时,好似她从来没想到有人会害怕这些检查。

班清醒地躺在那儿,欢喜到睡不着。

在阿尔佛雷多离去前,她设法在班听不见时小声问他:"你真的见过像班一样的人吗?""画像,"阿尔佛雷多说,"我在矿场工作时,在深山里发现他们,岩石上的图画——古人画的。你晓得,就像家乡岩石上的画,只是比家乡的更好,没有裂开或破掉。"

她明白阿尔佛雷多为何无法告诉班全部实情。她应该自己告诉他,却怎么也说不出口。他那么快乐的情绪,似乎弥漫了每个房间,她感觉得到它环绕了她。半夜她起床去厨房喝水时,还听见班情不自禁的咕噜声、叹息声和小小的欢呼。他是如此欣喜,以至于必须发出声音来表达喜悦,这使她不觉莞尔,虽然明天的事依然让她感到紧张。

第二天早上,阿尔佛雷多来接他们的时候,班已经梳洗更衣准备妥当、坐在桌旁紧盯着大门了。首先,他们必须搭一段车,不过他已经准备好了。

他们沿着滨海公路前进,班避开令人目眩的粼粼波光,不久车子就离开市区,穿过苍翠繁茂的田野,看到牛在半个人高的草丛里吃草,然后就一路向着山区前进。班紧抓着窗沿坐在后座,他们还特地摇下车窗给他新鲜空气,即便如此他还是晕车了,阿尔佛雷多停车让班下车,德蕾莎也跟着下来。班吐了,然后站在路边凝视青山:他在思索如何逃走,可是又记起阿尔佛雷多答应过他的事。他坐回车内,不久车子就开进迂回曲折的山路。他抓着德蕾莎的手,感到好难受,可是她说:"你瞧,你瞧,班。"他张开眼睛,发出一声害怕的咕噜声,因为在他们上方竟然有三个男人背着像方形翅膀的彩色东西从空中飘下来。班做梦也想象不到会有这样的人,他问:"那是什么,他们在做什么?"阿尔佛雷多说,这没什么,他们只是借风力滑翔的飞行员。"班,它们就像降落伞,让人缓缓降落。"他们下车来观赏,抬头仰望天上的人陆续飘过身边,向着蜿蜒山路下一个看不见的降落地点飘去,班看得目瞪口呆。

"我们可以像他们那样吗?"他问。

"可以啊,我们也可以。"阿尔佛雷多说,心里十分明了,不只班而已,想必连德蕾莎也觉得受到这个富裕聪明世界的压迫,在那个世界里人们只要背着滑翔翼就可以从山上一跃而下,依然觉得安全,就像他们的生活向来都高枕无忧。"只要有钱,我们也可以。"

"钱,"班说,"我的钱在哪里?"

"在公寓的保险箱里。"德蕾莎说。剩下来的钱已经不多了,可是德蕾莎确信,不管亚力怎么做,他都会归还她所花掉的钱。

"你也想玩吗?"阿尔佛雷多问,真的很好奇班是怎么看这些滑翔翼玩家的,此刻那些人已经在他们的注视中消失在山下了。

班沉默不语地凝视着,他们并不晓得他心里怎么想。

他们再度上车,向上驶进山里去。山色真美,德蕾莎心想,真感激可以看见这么美的景色;可惜班却坐在那儿紧闭着眼睛。他们必须再度停车,他可能又晕车了。

抵达传说中的"研究中心"时,他们看到的宛如一座小镇，而非原先以为的只是一座建筑。矮建筑分散在四周，中间则是高耸的建筑；其中一栋上面写着黑字，标明是医院。世界各地都有这类医院、药房、实验室、研究中心、观察站的网络，他们的作用模糊而含混。当汽车停在一幢跟其他建筑没有两样的建筑物面前时，班和德蕾莎还在寻找所谓的"研究中心"。阿尔佛雷多为他们拉开车门，他看起来有点紧张，似乎有所顾忌。这是因为他奉命不得接近一些特定建筑，也不可以告诉班和德蕾莎任何与它们有关的事。在那些建筑内进行的事情是在这儿工作的每个人引以为耻的，如果不算耻辱，至少也有戒心，虽然他们的工作领域各不相同。现在阿尔佛雷多对班已经不仅仅感兴趣而已——人人都对他很好奇——他是由衷为他感到难过，也觉得很内疚：因为当他提起那些岩石上的图画，告诉班他见过像他一样的人时，根本是不假思索脱口而出的，孰料却演变成一件糟糕透顶的事，到此刻他都尚未开始衡量它的后果。在适当的时机他一定要告诉班实情，到时候班感受到的可就不只是失望了。目前，还有一个迫在眉睫的近忧：这些人——阿尔佛雷多并不喜欢他的老板们——到底对班做了什么样的计划？他们警告他不要让班知道这个坏地方——

也就是大部分人所谓的"牢笼"——意味着他们有意对班做某种程度的伤害。阿尔佛雷多不喜欢这家研究中心的任何人或事,他只喜欢德蕾莎。当他告诉她这些检查没那么糟糕,并且给了她一个安心的微笑时,关怀之情溢于言表。班和德蕾莎被带进一间放置了各式各样仪器的大实验室,阿尔佛雷多则去停车;他原本希望可以再回来陪德蕾莎,却被指派了其他任务。

实验室里有两位穿着白色制服的年轻女性,其中一位是茵妮丝,请她在场是为了让班安心,为此她不得不去借了一件实验室罩衣。班很害怕,德蕾莎也是,不过她下定决心绝不表现出来。

另一位是助手,她事先受到小心的叮咛与嘱咐。她请班"帮助"德蕾莎,坐在她旁边握着她的手;德蕾莎则坐在一张矮桌旁,伸出一只手臂,套上一个塑胶套,充气测量血压。接着就轮到班,他在量血压时咧嘴作笑,因为他痛恨血压套紧紧缠着他的手臂;助手不晓得笑的含意,还大感放心。接着德蕾莎被告知要从她的手臂抽取血液。当注射针筒充满深红色的血液时,她闭上眼睛,别过脸去。现在换班:他会答应吗?

"来吧,班,"德蕾莎说,"你也要抽血,像我一样。"班让针头扎进去,看着针筒充满血液。这一幕对班来说并不新鲜:他小时候也做过检查。事实上,他比德蕾莎还习惯它们,她的童年并未包括昂贵的医疗照顾。到目前为止一切都还好。接下来是视力检查。另一个女人从别的地方过来为他做检查。班最近在尼斯的眼科医师那儿才做过这些,所以并不介意。

接下来是耳朵。茵妮丝请德蕾莎问班,他有没有做过听力检查,德蕾莎说:"你为什么不自己问他?"她的声音低沉而苦涩,她发现自己无法直视内疚而无礼的茵妮丝。

"班,你以前有没有做过听力检查?"茵妮丝问。

班晓得自己的听力比任何人的都敏锐,可是他只说:"有。"

他忍受检查员拿仪器插入他的耳朵,将光线照进去。

接下来是验尿。德蕾莎心想,茵妮丝还以为他会像头野兽般当着所有人的面小便;可是班接过小瓶子,放眼寻找掩护。"屏风。"茵妮丝下令。在德蕾莎听来,她的声音尖锐而轻蔑。班去屏风后面小便,再把小瓶子带回来。

他们剪下了他的一些头发,再剪下他的指甲,刮了皮肤表皮。

班默默地、麻木地忍受这一切,从头到尾带着害怕的笑容。

现在他们要在他的头上放夹子来测量他的脑部活动,可是班一看到这套仪器,就退到门口想逃走;德蕾莎(在茵妮丝的催促下)鼓励班,说她也要做,此举并未说动班。

茵妮丝说:"好吧,我们先拍X光好了。"

德蕾莎答应拍X光,这是她生平头一次。这个过程很长。腿、手、脚、骨盆、脊椎、肩膀、脖子。他们没建议拍头部,以免吓坏班。他站在一旁看着,当照片洗出来拿给德蕾莎和他过目时,他看着德蕾莎的骨头似乎很感兴趣的样子。

"你有没有拍过X光?"茵妮丝问。

"有,"班说,"有一回我摔断了腿。"

茵妮丝不耐烦的叹息暗示,他应该先告诉他们这一点,不过她只说:"那么你应该不介意帮我们拍吧,对不对?"

他耐心地做完这些,德蕾莎陪在他身旁,茵妮丝则在一旁警戒着。

时间不知不觉地过去,已经是下午了。

班说:"我饿了。"

他们不想带他去福利社,怕引人议论,所以请人送来三明治。德蕾莎也饿了。班向来都不吃面包,只把夹心的肉抽出来吃。德蕾莎要求他们送些水果来,送来后班急切地吃了。

现在,茵妮丝说,他的头必须黏上电线做脑部检查。

"不要,"他说。接着他大叫:"不要,不要,不要,我不要!"

他们原先还计划要检查他的消化系统功能、他的血液循环、他的呼吸系统,还有许多别的检查要做,不过脑部检查最重要。班又大叫:"不要!"然后便开始跺脚。

茵妮丝出去打电话。德蕾莎看得出来她苗条结实的背影在白色实验袍下透露出绝不轻言放弃的决心。

"我要回家,"班说道,他指的是里约的住处。

茵妮丝带着明亮而虚伪的笑容回来,说阿尔佛雷多会送他俩回去。她不敢正视德蕾莎,因为德蕾莎晓得他们心怀不轨。

穿越山区下山的弯曲道路让班晕车,他们不得不休息了两次。最后他们回到滨海公路,回到了公寓。阿尔佛雷多进来坐了很久,说他们要班明天再回去做更多检查。他晓得班会拒绝,他的确拒绝了。

阿尔佛雷多和德蕾莎靠得很近地站在一起,四目相望,他们的眼睛说得很明白,说他们将会保护班,说他们对于正在发生的事情感到愤怒;也说明了他们相互倾心,十分投缘。要不是班坐在桌旁一再用拳头猛敲桌子,这一对大概会投入彼此的怀抱,至少也会互诉衷情。他们之间这份相知相惜的默契仿佛已经相识终生,在几个月后以结婚收场,所以他们的故事至少有个快乐的结局:他们的际遇很顺利。

阿尔佛雷多终于走了。班坐在桌边,德蕾莎为他煎了牛排,煎了很多,因为他很饿。

她太焦虑了以至于睡不久,因为她晓得他们正在计划见不得人的事。她听见班在房里翻来覆去,幸好没有用头去撞墙。

第二天早上,来了一通电话:路易兹·马卡度要过来讨论班的事。德蕾莎告诉班这件事,现在她听见撞墙声了。她坐在桌旁,静静坐了良久,呼吸浅短而害怕。然后她开始梳顺自己的长发,仿佛她想梳的是生命本身的秩序,她就这么等着,告诉自己现在她必须坚强起来维护班和她自己。一想到这些权威人士就让她想昏倒或是逃走;有人期望她正面对抗她一生以来所敬畏的人:那些受过教育的、知道全世界的现代知识的聪明人。是谁期待她这么做呢?她自己、阿尔佛雷多,还有可怜的班。

路易兹·马卡度不是单独前来的,因为同行的还有一个美国人史帝芬,史帝芬什么什么教授——她无法记住这个姓:衮拉克,或辜拉克——这是一个高高的、骨瘦如柴的人,脸上尽是凹凸不平的大骨头,还有一张暴牙的大嘴巴。

他的眼睛深陷在大骨头的凹洞里,眼球突出,当它们眨眼睛时好似要跳向她似的。他来自美国某座著名学院:她晓得它很有名,因为当他向她说出那个学校名称时他以为她会知道;她也晓得当她没有反应时,他便把她看做一个无知的人。

班进客厅来,他了解这两个男人希望她把他打发走,这样他们才能私下讨论他的事,对她下命令。她深怕自己的声音会发抖,所以大声对着班说:"这位是路易兹·马卡度,你见过他的,班,旁边这位是教授史帝芬……衮拉克……"

"高拉克。"他立刻纠正她,流露出他的急躁。

"高拉克教授,"她小心地重复,"他来自美国,跟亚力一样。"她转向他们说:"亚力带班来这里拍电影。"她又转向班说:"请坐,班。没关系的。"

她看得出来这两个男人出局了,这使她感到得意洋洋:她才不要像过去那样像打发仆人似的打发走班呢。

在一阵短暂的沉默后,史帝芬·高拉克教授倾身向前说:"这件事情非常重要,的确十分要紧。"他一个字一个字装模作样地说,每个字都像冰冷的弹珠似的向她滚来。他的目光冰冷、狂热、着迷。她很少如此讨厌一个人。"你一定要明白,德蕾莎——"

"我的名字是德蕾莎·艾维丝,"她打岔。

这教他吓了一跳,他坐在那儿猛眨眼睛,恢复意识后他又继续说下去:"艾维丝小姐,这大概是我这辈子最重大的发现,你一定要了解这一点。这是一个独一无二的大好良机,这个……班,是独一无二的。"

"班·骆维特,他的名字是班·骆维特。"

这回真的教他哑口无言,这张暴牙的大嘴巴懊恼地突向她,他转向在一旁超然镇定文雅地听着的路易兹·马卡度求援。

班听着,笑着,眼睛瞄来瞄去,仿佛屋子的角落会敞开一条脱逃之路,让他逃进森林里去,向只有他晓得的安全的蜿蜒小路逃。他正在思索着,还有人跟我一样,阿尔佛雷多告诉我的。要不是他太害怕了,他本来会大声说出这一点的。

德蕾莎冷静地说:"只要班同意,那就没问题。要是他不同意,那么你就不可以强迫他。"

史帝芬教授的演说家嘴巴张开来抗议,身体用力向前倾,举起一只手;可是路易兹·马卡度欣然地微笑着,说这不是一个武力胁迫的问题。这句话是用葡萄牙语对着她说的;可是为了顾及他的同事的利益,他又用英语说:"一定要让他了解情况。"接着再用葡萄牙语对着德蕾莎:"你不晓得这件事有多重要,这是高拉克教授的研究领域,他是世界权威,这对全世界来说都很重要。"

"你老是这么说,"她也用葡萄牙语回答。然后又大声用英语说:"可是我对班有责任。亚力·贝里把班·骆维特托付给了我。"

她晓得路易兹至少从茵妮丝那儿听说过亚力,也很怕他晓得现在亚力已经不打算用班了。把班放在电影公司的薪水名单上,即便只是可能,至少也好过一个无路可走的被遗弃的可怜人。

她大声说:"必须让班自己决定。"

现在这两个男人瞧着彼此。她晓得,他们在悄悄作决定。

她突然灵机一动,说:"班有自己的护照。"

她很讶异自己竟然没有早点想到这一点。

这个消息让这两个男人突然愣住了:他们显然没有料到这一点。

她说:"他是个英国人。"她不认识公民这个英文字。"你不能逼他做任何事。"

一阵短暂的沉默:这是因为这两个男人在沉默对谈中暗地作出的决定,并没有因为听到班的法律地位而被推翻。路易兹率先站起来,美国人也跟着起身。他们正式向她道别。路易兹说,"德蕾莎小姐";高拉克教授则说,"艾维丝小姐"。然后他们就走了,甚至没瞧班一眼。

后来阿尔佛雷多打电话来说大事不妙了,他们要他开车下来里约,跟班谈谈;如果班拒绝跟他一起回研究中心,必要时就要他使用武力。"他们不能那么做,"德蕾莎说,"他们怎么做得出这种事?"

"我拒绝了,"阿尔佛雷多说,"现在我失业了。"

"如果你没有地方可去,那就过来这儿。"她说。其实她想知道阿尔佛雷多有没有结过婚,或者有没有女人,有没有地方可去。阿尔佛雷多说:"幸好我不住研究中心宿舍。我住在一个朋友家里。"他知道她问话的用意,"不过明天我会过来看你,德蕾莎。"

第二天早上他到达时,公寓的大门敞开而且被撞破了,德蕾莎和班都不在里面。

事情是这样的。在她和班吃过早饭后,两人都很紧张,坐立不安,心里有预感会出事,但又不晓得会发生什么事。德蕾莎说她必须上街去买东西,嘱咐班留在家里,不要应门,除非来人是阿尔佛雷多。班听话地坐在桌旁,门铃响起时,"是阿尔佛雷多吗?"他问。接着一连串敲门声响起,越敲越急越吵。班默不作声,晓得他根本不该开口的。接着有人撞门,然后两个男人就冲进来,一人一边架着他的手臂,在他挣扎时用布堵嘴使他无法出声,把他架进电梯,再押上汽车。他们摇上车窗,捆绑班的手腕、膝盖和脚踝,任由他在后座打滚,高速驱车上山。有一回他们不得不停车,因为班晕车,堵嘴布让他吐得喘不过气来。他们抽出布条,倒了一些他们仅有的廉价葡萄酒清洁他的嘴巴,然后又用同一块布把他的嘴堵住。到达研究中心后,他们没有立刻将他载到昨天那个地方,反而送到阿尔佛雷多被告诫不可让他看到的"另一个"地方。在世界各地要雇人做这种勾当都不难,里约当然也不例外。

德蕾莎采购回来时,发现家里不但门户大开,而且门被踢坏了,班也不见了。这好像被人一拳打进她的横膈膜,她几乎无法呼吸。她晕倒在桌上,双手摊开,头倒在一条手臂上。她的第一个念头是,阿尔佛雷多快到了,他会帮忙的。她并不晓得他已经来过,此刻正开车赶回研究中心去看个究竟。然后她又想,或许亚力会回来,可是他两天前才来过电话,说他要上路去拜访另一个部落。"我的印第安人。"他如此称呼他们。

她从来没想到可以打电话给英国大使馆,说有一个英国公民被绑架了。她不晓得一个国家的国民拥有这样的权利,只晓得一张护照赋予你一个身份,可以得到官方的尊重。她经常翻阅亚力盖着许多签证的护照,心想:或许有朝一日,我也会有这样一本护照,我也要到这些国家去旅行。

有好一阵子她无法清楚地思考,然后才想起阿尔佛雷多没来,一定会打电话来告诉她原因。她太焦虑了,无法镇定地坐着等,只能盲目地在屋内走来走去,甚至撞倒一把椅子。她把窗户开大一点,好让更多沉重的暖空气吹进来。慢慢地茵妮丝的影像浮现在她眼前,充满了她的思绪。对了,茵妮丝。她打电话给茵妮丝,当她听到她的声音时立刻说:"听着,我是德蕾莎……"然后迅速而坚决地说:"不要挂电话,茵妮丝,不要这样。"她听到茵妮丝的喘息声,晓得她怕了。"班在哪里?"她追问,"他们把他抓走了,他到底在哪里?"

她听见一声虚弱的"我不晓得",便立刻用连她自己都吃了一惊的声音冷冷地说:"你知道的。你知道。他是不是在我们去过的地方?"

"不是。"茵妮丝说。一阵沉默,她们可以听见彼此的呼吸声。然后德蕾莎说:"我要杀了你。如果你不帮我,我就杀了你。"现在茵妮丝终于明白,这个穷人的艰困生活到底有什么地方吸引她,她为何会向德蕾莎大献殷勤。那些字眼让她感觉到恐惧的刺激流窜过全身,甚至伤了她的眼睛。她颤抖地听着德蕾莎的话。"你是我的朋友,我的朋友,茵妮丝。你居然出卖了我。"

"我不知道,"茵妮丝勉强开口,"我没料到他们打算这么做。"

"现在你晓得了,茵妮丝。你知道他在哪里。"

茵妮丝晓得,因为她看见载着班的车子经过。研究中心里每个人都晓得。人们围在窗边,听见车内传来被闷住的咆哮和怒吼。有人宣称他们亲眼看见班在呻吟和挣扎。茵妮丝晓得,他们全都晓得,班被带到那儿去了,而且她不是唯一对此事感到难过的人。先前为班做检查的实验室助手震惊极了,她告诉其他人的话传遍了整个中心。这名雪人,这个怪胎,是一种彬彬有礼的生物,几乎跟常人一样:他不应该受到这种待遇。结果,大部分人对于在"另一栋建筑"里所发生的事感到的不安与羞耻因为班的事件而透明化,他们很快就全都晓得他被绑架了。

现在茵妮丝听见德蕾莎说:"你必须过来接我,我一定要找到班,我一定要到他那儿去。"

"我不能过来,"茵妮丝说,"我不能丢下工作不管。"可是她晓得接下来会听到什么话。"茵妮丝,我现在说的话是认真的,我会杀了你,我就知道你是个坏人。"德蕾莎继续命令她来里约,接她上山,立刻就来。"班有护照,茵妮丝。他们不能这么做,你告诉他们。"

在这段谈话期间,茵妮丝人在实验室。昨天那个助手听到了全部对话,她愤怒地质问茵妮丝:"你为什么要这么做?他又不是野兽。"

茵妮丝匆匆出门上车,她趁上司路易兹没发现,便快快开车下山去里约,心里想着她可能会丢了饭碗,其实她并不是真的认为她会丢了这份差事。他们做的事情是违法的。她很清楚这个计划是要在某个时机把这个班——她对他没有感情,甚至没把他当人看——从研究中心弄走,让他彻底消失。人常常无缘无故地消失。路易兹——不,不是路易兹,是那个美国人——指望着什么事情,她相信他是对的:研究中心里每个人都很怕丢了饭碗,丢了他们好不容易找到的差事,所以他们会保持缄默。至于她自己,她犯了什么罪?她只是离开办公室几个小时而已。她开得很快,到达时德蕾莎已经在等她了。她准备了一个旅行袋,帮班带了一些衣服和墨镜。她不晓得等她们找到班以后要怎么办。就在茵妮丝抵达前,阿尔佛雷多打电话来说,他听接替他的司机说,班被带到那个坏地方去了。阿尔佛雷多要德蕾莎先到他住的地方去,就在研究中心附近的村子里。他们再一起决定如何营救班。

开车上山的过程出奇地沉默。德蕾莎望着茵妮丝的侧影,看到冷淡、优雅、敌意,还有内疚。她很怕这是一个陷阱:茵妮丝是不是也打算绑架她?阻止她去帮助班?突然间,她没料到自己会脱口而出,问了茵妮丝这个问题。茵妮丝哭了起来,并说德蕾莎太不公平太残酷了。她并没有绑架班,不是吗?

当她们到达阿尔佛雷多所说的地方时,茵妮丝停车让德蕾莎下车,听见她下车时撂下的话:"告诉他们,他们做错事了。这是不对的,警察可以惩罚他们的。你告诉他们。"

茵妮丝可不打算多管闲事,她只希望没人注意到她翘班了。

德蕾莎站在小路旁尘土飞扬的车轮轨迹中,阳光洒在她身上,她看见阿尔佛雷多从一幢小屋走出来迎接她。他们相视而笑,充分流露出彼此的好感,以及对班的共同关怀。他揽着她走向他的房间。

现在是午后三点左右。阿尔佛雷多晓得班在哪里,也告诉了德蕾莎。他说,等天色一暗,他们就应该尽快赶到那儿去。晚上通常没人在牢笼那儿。可是因为班的缘故,今天晚上可能会有人。另一名司机说,班被下药了。他听到路易兹和美国人在车上说的话。路易兹对于已经发生的事犹豫不决,是"护照"这个字眼动摇了他。但史帝芬决心扣留班。"那个老美有点疯狂,"阿尔佛雷多的朋友安东尼欧说,"他就像抢到一根骨头的狗一样,既然抢到了就决心保有它。"安东尼欧比阿尔佛雷多还清楚牢笼的情况。他说,他们需要一把上好的钢丝钳,进去第一件事就是剪断通往行政大楼的警报器电线,那儿整夜都有警卫。接下来呢,阿尔佛雷多有什么打算?阿尔佛雷多告诉了他。安东尼欧说,他也要跟他们一起逃亡,因为他铁定会丢了刚刚才获得的差事。

这个逃亡计划是德蕾莎和阿尔佛雷多现在要讨论的。如果他们可以立刻将班送出里约,相信追兵就不会跟来。阿尔佛雷多告诉德蕾莎,如果有人追来,就应该惊动里约的英国大使馆。德蕾莎兴致盎然地听着,外国人如何受到自己国家的保护,远离当地的伤害。她从来没想到一个政府会如此关注像她这样的小人物。不过他们对抗的美国教授是个狂人,听安东尼欧说他发疯了,她一点也不讶异:她本来就觉得他疯了。她一想到这眼前立刻就浮现他那张突出的大嘴巴,他对着她说话,但是绿色的眼睛却目中无人,因为他的注意力完全向内集中在他所着迷的事情上。

"这件事重要吗?"她问阿尔佛雷多,"搞清楚班是什么东西很重要吗?"

"他们说,他必定是对很久很久以前的古人的'返祖现象'。很久很久以前,好几万年前,他们可以从他身上了解那些古代人是什么样子。"

这个想法是很吸引德蕾莎,可是这跟她对班的热情关注是不同的。她觉得他给她的感觉就像个孩子——总之是无助的。她才不在乎那些古人,她爱这个令人怜惜的班。

他们在那家徒四壁的闷热房间里,喝着可口可乐,谈话时不忘提醒彼此,还有一个迫在眉睫的恼人问题要解决:班相信阿尔佛雷多晓得他的族人在哪里。

"我们一定要告诉他实情。"德蕾莎边说边想起班的喜悦,以及班想到他们时的兴奋之情。她嘴巴上虽然这么说,内心却感觉到退缩,不想告诉他实情。说这完全是个幻想,只是一面岩壁上的图画而已……这实在太残忍、太糟糕了。可是他必须知道实情。

"我们可不可以带他去看这些岩石上的图画?你不觉得那总比什么都没有好吗?"

"我在胡胡伊附近的矿场采矿时,曾经进到深山里去,很高的山上。德蕾莎,我喜欢那样,一个人在山里。可是这些山很高很高,不像我们家乡那些。这山上没什么人。有天早上醒来,岩石上的图画就在我眼前,阳光照在它们上面。阳光出来时你可以看清楚它们,可是当岩石正面处在阴影中时,你就是走过它们面前也看不到它们……可是我们一定要去那儿。"

德蕾莎晓得班还剩下多少钱。她存起不少钱,可是除非必要,她不打算多用班一毛钱。阿尔佛雷多自己有存款,足够买三张便宜机票了。"没问题,"阿尔佛雷多说,"我会请朋友开车来接我们。我有朋友,我在矿场工作了三年,我可以再找到工作,我要远离里约一阵子。我必须先这么做,改天再告诉你原因,德蕾莎。"

两人都在想,如果他留在矿场工作,德蕾莎也跟着他留在那儿,那么她在里约辛苦打拼出来的局面就全都白费了。胡胡伊有剧场、舞蹈团或电影工作者吗?她问。阿尔佛雷多的回答是:"我在矿场赚很多钱,他们认识我,我可以在那儿留一年,你可以在里约等我。"这是他们首度说出口的共识。"我们可以先在胡胡伊结婚,把事情定下来,一年很快就过去了。"德蕾莎回顾她在里约度过的三年,充满了数不清的人和事,对她来说似乎很漫长。看到她犹豫不决的脸色,他连忙说:"我们以后再谈。"

天色渐渐暗了,透过树梢,他们可以看见山上研究中心的灯火。他们带着钢丝钳,悄悄地走着,假装是要去研究中心拜访员工宿舍,可是经过那儿后,便立刻转入环绕研究中心的树林,乡下长大的孩子没人怕树林里的东西。他们快速地沿着一条似乎连脚都认得的小路前进,经过研究中心的行政大楼,又把它们抛在脑后;然后,在前方几百码处,灯火照亮了另一群建筑,里面传来叫嚣、呼喊与哭号声。这是一个坏地方,德蕾莎晓得。阿尔佛雷多小声说:"我不喜欢来这儿。"

班在哪儿呢?他们站在树林的边缘,望着分散的建筑物,不晓得要上哪儿去。然后德蕾莎听到了,一声低沉的撞墙声,呼,呼,呼,始终不间断。"他在那儿,"德蕾莎说,"他在那儿。"她拔腿就开始跑过平地,向那座建筑奔去。他们越向前跑,撞墙声也越来越大。此刻天色已暗,这座建筑的灯光打在前面,他们偷偷绕到后面,看见了窗户。窗子是敞开的,里面传来一阵恶臭。阿尔佛雷多率先爬过窗台,接着是德蕾莎。天花板上点着一盏低垂的灯。在一层层的笼子里关着猴子,大大小小都有,这种安排让上层笼子里的排泄物铁定会掉到下层动物的头上。那儿还有一排兔子,脖子动弹不得,化学药品不断滴进它们的眼睛。有一条大型混血狗,从肩膀到臀骨被切开来,然后又被人笨拙地缝起来,此刻正躺在脏兮兮的草堆上呻吟,它的背后尽是排泄物。(这条狗在六个月前被开膛剖肚,伤口又不时被拆开来,观察它内脏的功能,它还被下过各种药,然后再像个袋子般被缝合起来。伤口的边缘其实局部愈合了,结疤了,透过它们可以看到里面悸动的器官。)猴子从牢笼里伸出手来,它们充满人性的眼睛乞求着帮助。德蕾莎没瞧见这些,她在注视着班:他跪在自己的牢笼地板上,用头敲击笼子。他并没有被下药,史帝芬教授不要他受到药物污染。他全身赤裸,这个生物自从呱呱坠地以来都是穿衣服的,在他的笼子角落里有一堆粪便。

"警报器。"德蕾莎提醒阿尔佛雷多,他开始寻找电线。班听到她的声音坐起来呼啸,抬头看她。"班,小声点,"德蕾莎低声说,"我们来救你出去。"他的眼睛到底出了什么问题?在微弱的光线下,它们看起来好像黑洞,隐匿着恐惧与痛苦。"班,班,安静,你必须安静。"他沉静下来,可是呼吸却像呻吟。阿尔佛雷多找到了警报器的电线,将它切断。然后他就呕吐了:被这些臭味熏的,而且这里好热。

他开始把班的笼子剪开,这粗粗的铁丝网是关凶猛动物的。德蕾莎看着一个笼子,里面有一只四肢摊平的大白猫,是只母猫。电线从一部绑在笼子上的仪器插进它的头部。四只小猫吸着它的奶;每只头上也都接了电线。这只母猫看着德蕾莎,它眼中的控诉让她忍不住想用手蒙住双眼。班的笼子终于被剪出一个大洞。"安静,安静,不要出声,班。"德蕾莎低喃,伸手抱着他。他又脏又颤抖,像个可怜无助被打败的生物,如今竟然跳脱出她的怀抱,一溜烟翻出窗外,隐入夜色中,教他们吃了一惊。他奔向树林,德蕾莎和阿尔佛雷多随后追来。"停,班!那儿有人,不要再前进,到这儿来。"她和阿尔佛雷多谨慎地在树下移动,在一片漆黑中,什么也没听到。但是她晓得班就在附近。"班,我坐在这儿。还有阿尔佛雷多,他是朋友。到我这儿来,我们要带你去阿尔佛雷多的家,然后我们就要立刻离开。"

四下一片沉寂,只有一点点森林的声响。身后,猴子在他们刚离开的建筑内怒号,发出声声可怕的叫声。这样的地狱在人类创造的文明世界里不知有多少。

"班,班,到我这儿来,班。"

是那个臭味告诉他们他来了。

"你可不可以带我去像我一样的人那里?"他们听到他如此问。

"可以,可以,班,我们会的。"德蕾莎为了他奋不顾身。他来了,蹲在他们旁边,浑身颤抖。

"现在,悄悄地跟我来,悄悄地,班。别出声,班。"

在树林里没问题,他们躲得很好,可是他们必须冒着被发现的危险,穿越一片空旷的空地。幸好此刻大部分人都在屋里吃晚饭。他们听见电视声、收音机声、人声。阿尔佛雷多说:"现在,跑。"德蕾莎也说:"快跑,班。"他们三个拼命跑,穿过黑暗,经过屋子投射出来的灯光,跑到阿尔佛雷多的房间。

一到那儿德蕾莎就将班推进浴室,先帮他清洗干净,不断冲水,直到他脚底的水变得清澈,再将他拉出来擦干,穿上她带来的衣服。阿尔佛雷多为他找来柳橙汁和水果,他想喝饮料,但是不想吃东西。他的目光停在德蕾莎身上,央求着她。"就像那些猴子的眼神。"她心想。虽然当时她无暇注意它们。

"他们为何可以做那种事?"她问阿尔佛雷多。

他沉默不语,保持冷酷,但是她看得出来他很羞愧,只说:"那是科学。"

班现在不再颤抖了,可是他发现他无法看他们,只能蹲坐在椅子上,双拳下垂,头向前倾,眼神依然带着恐惧的痛苦。

"我们要开车送你下山去里约,"德蕾莎说,"明天我们就上飞机。"

"去找我的族人?"

"是的。"她无助地说,甚至不敢瞧阿尔佛雷多。他们该怎么办?

大约午夜时分,研究中心员工宿舍终于熄灯,趁着四下毫无动静,他们悄悄溜出去,听见一声狗吠,发现安东尼欧早在他的车子里等他们。这四个人开车下山进城。当他们抵达公寓时已是深夜。破门钉上了板条,大概是管理员来修理的。

他们叫班上床去睡一会儿,无须害怕。同时阿尔佛雷多、德蕾莎和安东尼欧则一起坐下来商议。安东尼欧也在矿场上工作过。他拿出自己的身份证放在桌子上,对着阿尔佛雷多说:"你的也没问题吧?"

阿尔佛雷多从里层口袋掏出自己的证件,放在安东尼欧的旁边。德蕾莎看得出来这些证件以前出过某种问题,不过现在一切都就绪了。他们瞧着她,现在换她从手提袋中拿出她的证件。三张证件一起放在桌上。她心中想着亚力的护照,觉得这三张差一级的身份证很刺眼。

"将来有朝一日,我要一本真正的护照,"她告诉阿尔佛雷多。安东尼欧惊讶地笑出来,可是阿尔佛雷多才刚开始笑就立刻停止,他从她的表情上看得出她是认真的。"我要一本像小书的护照,像外国人的那种——像美国人。"阿尔佛雷多点点头,等她继续说下去。她用不屑的姿势指着她的身份证:"这不够好。"她说。

阿尔佛雷多思索了片刻,说:"好吧,我现在就帮你做一本。"他站起来,去抽屉找了几张纸,折成一本小书,把它拿到桌边,坐下来拿出一只圆珠笔,严肃地看着德蕾莎。她已经忍不住发笑,安东尼欧也是。

"你们两个都发疯了,"安东尼欧说,"精神错乱。"

"姓名?"阿尔佛雷多像个官员般问道。

"德蕾莎·艾维丝。"

"德蕾莎·艾维丝小姐。你的头发是黑色的?"

后来,终其一生,他们将重新回味这一幕,提醒彼此,告诉子孙,阿尔佛雷多最初是如何认识德蕾莎的,她的一生和她的一切。安东尼欧坐在一旁微笑点头,班则在隔壁房里睡觉。

"深褐色。"德蕾莎说着抓起一绺让他瞧瞧。

"在阴影下是黑色,在阳光下是褐色,"阿尔佛雷多说,"我已经注意到了,我就写黑色。"他写了,然后又问:"我敢说,你的眼珠子是黑色的,不过他们不会仔细看,我就写黑色好吗?"

"那就行了。"

"你有——多高?"

她告诉他。

"几乎跟我一样高,真高。你有没有什么特征?他们总是想知道那些。"

"我有颗小小的痣,在我的——下背部。"

安东尼欧笑出来。

"在你的屁股上?"

"是的,还有一颗在我的肩膀上。"她把领子拉开,他瞄了一眼。

"我想这些痣还是留给我们自己就好,"他说,"还有别的吗?"

"我这个疤是割南瓜给山羊吃时摔出来的,我摔在一颗尖尖的石头上。"她伸出手臂,一道细细的白色疤痕从她的手腕延伸到手掌上方。

"他们不需要知道这些,"阿尔佛雷多说,"好啦。身高、头发颜色、眼睛颜色——他们有这些就够了。你的村子叫什么?"

"跟你的一样。尘土村,尘土省,尘土国。不过它以前叫做阿尔杰柯。"

"我们就写这个。你的出生日期?"

她犹豫不决,不确定要不要让他晓得她比以前说过的年龄还小几岁。

他看出她的为难,说道:"我就写跟我同年。现在我们需要一张照片。"

他一鞠躬把这本折纸递给德蕾莎。"德蕾莎小姐,您的护照。"她站起来接着,同时也屈膝鞠躬向他行礼。

他们闲聊着消磨时间。安东尼欧说,他愿意跟随他们去胡胡伊,再去矿场,离开里约一阵子他会快乐些。天亮后,他们喝了咖啡,两个男人便出门去安排班机。

德蕾莎进房去探视班,发现他醒着,她教他必须要勇敢要有耐心。如果有任何人到公寓来,她会确保不让他们接近他。她要把他锁在里面,绝不能吓着他。她说这些是因为她确信"他们"一定会来追班,可是大门已经破了,无法把他们挡在外面。她拿果汁来给班,说他最好睡一觉,如果有人来千万不能出声。

不久她就听见外面有人。她打开破门说:"有没有看到你们派来的贼对这扇门干了什么好事?"先声夺人陷他们于犯错的一方,不过她觉得他们看起来反倒像警方在追逃犯。"请坐。"她说,自己也坐了下来,她注意到两人都盯着班的房门。

路易兹坐在主位,因为他向来习惯发号施令。美国人坐在德蕾莎对面,冷漠凸出的双眼准备发怒。

德蕾莎立刻发难:"你们真坏,竟然把他从这儿劫走,他又不是你们的财产。"她冲着路易兹说,可是他立刻反驳:"不能怪我,此事跟我无关。研究中心那个部门跟巴西无关,那是受外国控制的。"他等待史帝芬·高拉克说话。他没开口,只是转过身盯着班的房门。

"可是你们两个都来了。"德蕾莎说,抓住这个局面的要点。

"高拉克教授是我的老朋友。"路易兹说。

"可是你晓得那些人要来抓班。"

"我已经代表高拉克教授道歉了,"路易兹再度向他的同事使了个眼色,但没人注意,"他们把命令当成耳边风,实在不该破门而入的。"

"如果你期望我们把班交给你们,为什么要派罪犯来?他们只是街上的流氓。"德蕾莎在这两个男人开口前(美国人似乎觉得没有必要)继续说,"而且你们把班当做禽兽关进笼子里,连衣服都不给他穿。"

"我告诉过你,"路易兹·马卡度说,"那件事跟研究中心无关,这显然是个误会。"

德蕾莎说:"我想误会的是你没料到我们会发现他那副模样。"

路易兹点头,承认她是对的,而且他也对德蕾莎如何为自己辩护留下深刻印象:她必然从茵妮丝那儿得知他有多重要。

现在史帝芬·高拉克终于开口,他仿佛根本没听到他们的争辩。"你不能留下他,你不明白对不对?"

"我晓得你要用他来做实验。我晓得,我亲眼目睹了……"她用两只食指指着自己的眼睛。

他倾身越过桌子向她逼近,双手握拳,整张脸气得都绿了。"这个……标本可以回答问题,重要的问题,对科学来说很重要——全世界的科学。他可以改变我们所知道的人类故事。"

德蕾莎觉得自己深受打击,打破了她对知识和教育的莫大尊敬与崇拜;那个领域像一扇通往未知天空的窗户,她本来可以下跪膜拜的——她突然哭了起来,边哭边气自己太没用,只能暗自安慰自己,她是太累了才会哭泣,不过她知道实情。至于路易兹,他认为这名无知的女孩是害怕了,因为她在挑战权威,而且即将因此而惹上麻烦。他知道高拉克教授也如此想(他实在不太喜欢他),他把德蕾莎当成一只站起来威胁猫的老鼠。

至于教授,他很兴奋看到德蕾莎哭了。

两个男人都以为她被打败了:有好多可以指控他们违

法的话她都没说,那些才会导致严重的后果。不过让她说出下面这番话的并不是法律上的考量,是她面前这张可恨的自大面孔和那双冷淡疯狂的眼神。她的心里浮现班赤身裸体跪在笼子里哀嚎的模样,她也看见那只白猫,还有上面笼子的排泄物滴在它的白毛上面的惨状。她用葡萄牙语说:"你是个大坏蛋。"虽然他听不懂她的话,但听出了她声音中的恨意。现在她用英语说:"你们是败类。你是个坏人!"

她并没有对路易兹说这些,这倒不是因为他已经为他的研究中心开脱了所有罪名,也不是她的心中存着政治意念那一类的事,比方这个美国人是世界上最强大国家的一分子,她对政治没兴趣。不,她讨厌史帝芬,她痛恨他;就像她直觉上判断亚力·贝里是个和善但软弱的男人一样,他在身边的时候对她很好,可是人一离开就将她忘得一干二净。她晓得这位名教授把电线插入一只母猫和它的小猫的头颅内,测量它在粪便滴在头上时还努力喂小猫的感觉;他还让猴子生病——她曾经清清楚楚地看见那些伸出来向她求援的小手——他什么事都做得出来,而且永远不会在乎这些动物付出了怎样的代价。他是个冷酷无情的怪物。

可是她还在哭泣,因为这些冲突正在撕裂她的心。

路易兹说:"你说班属于——你说他叫什么名字来着?"

"你是茵妮丝的朋友,对不对?她一定知道亚力·贝里这个名字。他是个美国电影导演,班会成为明星。"

"我知道电影不拍了。"

"那还不一定。亚力目前在……"她说了亚力和鲍罗正在写剧本的小山村,路易兹不太可能知道那个地方。"他现在不在外景地点。天气很糟,电话又不通,等他打电话回来时,我会告诉他发生了什么事,我会说你要跟他谈班的事。"

她的声音现在又恢复镇定了。她站起来下逐客令:"抱歉,我还有事要忙。"

这两个男人慢慢地站起来,路易兹像平常一样冷静沉着,脸上还挂着笑容。至于另一个人,眼睛直盯着班的房门,看起来活像一只红蚂蚁——她现在终于知道他像什么了。

她说:"班在睡觉。在你们对他做了那种事之后,他人不太舒服。"她挡在班的门口。

"你不可以把班带出国。"史帝芬语带威胁地说。

"他爱上哪儿去就上哪儿去,他有护照。"她说。

路易兹对史帝芬说:"我们该走了。"他的声音告诉了史帝芬和德蕾莎,他心中已经另有盘算。

那两个男人终于走了。德蕾莎痛哭了一场,松了一口气;她浑身颤抖,这是这项正面冲突所付出的代价。她了解这些男人都是一丘之貉,所以并没有去区分他们。对她来说,他们两个都拥有权力,也都很相像;他们很快就会想办法用合法的手段拥有班。下一次将不会是绑架,他们会寻求法律做后盾,班将会因为某个莫须有的罪名而被捕。

德蕾莎利用阿尔佛雷多和安东尼欧回来前的空档为班收拾了衣物,悄悄进出他的房间,没有吵醒他——他在睡梦中呻吟。她放进一件温暖的毛衣和一顶帽子,她自己也打包了一样的行李。

阿尔佛雷多和安东尼欧回来时,从她口中听到方才发生的事,晓得他们必须赶紧行动了。

"快,班,我们要去搭飞机了,远离这儿。"德蕾莎说。他吓得从床上坐起来,然后便热切地说:"要去找我的族人?现在?"

"走吧,班。"阿尔佛雷多说。德蕾莎和阿尔佛雷多交换的眼神坦承了他们的无助:他们该如何终结这个热切的期盼呢？然而，他们必须如此，他们一定要。

德蕾莎在桌上留了一封信给亚力，说她和一个好朋友要带班去一个安全的地方——她很谨慎，没说什么地方，因为她晓得先读到这封信的人不会是亚力。她已经吩咐管理员向警方报案说有人闯入，而且要把门修得牢靠点。

他们就这样离开了亚力的住处，到街上后立刻上了安东尼欧的车，他送他们去机场。他在那儿跟他们道别，不过他很快就会去乌玛娃卡跟他们会合，阿尔佛雷多将会在那儿找到工作；那儿离胡胡伊只有几小时车程。

这是一架大型飞机，是人们从一座大陆飞往另一座的越洋班机；可是他们在圣保罗换了小一点的飞机，机上的乘客变得十分不同，有一种从事国际事务的样子。这架飞机飞得比较低，让他们看到地面上的风景。飞机的影子飞掠在凹凸不平的地形上，像德蕾莎一样的民族走在地面上，抬头看飞机掠过头顶，这是他们做梦也不可能搭乘的交通工具，德蕾莎以前也同样认为自己永远不可能搭飞机。班向下俯瞰，十分感兴趣。除了第一次跟詹士顿搭小飞机飞越伦敦上空，这是他头一次在飞机上保持清醒，而且随时注意周遭的一切。起初他觉得好难，德蕾莎说："瞧，下面有条大河。"或者,"那是一排山脉。"他问:"河?那是一条河?""那些是山?它们看起来好平。"然后他的心理做了调适,全都明白了,既高兴也骄傲自己看懂了。不过他脸上那个笑容,不是咧嘴作笑那个害怕的假笑,而是告诉了德蕾莎和阿尔佛雷多他心里在想什么。

"我们今天要去找我的族人吗?"

"不,不是今天,班,他们远在深山里。"

"在下面那些山里吗?"

"不是,跟大山比起来那些只能算是小山,以后你就明白了。"

飞机降落在巴拉圭,乘客下机上机,然后他们又起飞。下面有绿色和黄色的平原,还有牛,不久他们就会抵达乌玛娃卡。安东尼欧和阿尔佛雷多私下决定,混在矿工、工程师和矿场其他工人当中到那儿去,比直接去胡胡伊好,后者可能会仔细检查旅行证件。飞机降落时,可以看见下面有许多人向矿场方向前进。这里没有人对国界或人们如何穿越国界大惊小怪:成千上万的人跨越在他们心中不过是条想象界线的国界。谁说得出有多少?

在小小的机场建筑内,德蕾莎准备拿出她的身份证,可是柜台旁的男人认出了阿尔佛雷多,因为他也曾经在矿场里做过事。阿尔佛雷多说德蕾莎是他妹妹。这名官员倒是瞧了班一眼,但是挥手示意这个粗壮的男人通过,在这群工人当中班似乎并没有太与众不同。

同时,他们搭来的飞机则向胡胡伊飞去;机上多半是要去那儿的烟草农场做工的工人。阿尔佛雷多已经事先打电话给一个朋友,请他开车到乌玛娃卡来接机,他还没到。他们坐在树荫下的椅子上等待,庆幸还有树荫可遮蔽艳阳,这里实在热得让人觉得皮肤刺痛。德蕾莎说她头痛,高山上的高度让她头晕。班说,他觉得很好:他似乎无法听懂高度的概念。阿尔佛雷多指着安第斯山脉向他解释,说他必须想象海就在山脚下,然后想象自己在爬山,一步一步往上数。

"我们就是要去那儿找我的族人吗?"

"是的,就是那儿。"

班坐着微笑,哼着粗糙的曲调,如果你了解他,就晓得那是一首歌。

他们看着人们经过身旁,向矿场前进。

"矿场需要工人,"阿尔佛雷多说,"而且他们不问问题。"

"他们会问你什么问题?"她问,觉得自己仿佛站在悬崖边缘,"你在胡胡伊机场怕的是什么?"

"研究中心雇用我的时候,问我在什么地方做过事,我说胡胡伊。我没说乌玛娃卡。永远不要告诉他们没必要的事。所以如果他们要找我麻烦,说我把班救出牢笼,开车载他去里约,那么他们就会打电话去胡胡伊。不过我想他们大概不会多此一举,我确信他们心中对班有更糟糕的盘算。"

他们虽然用葡萄牙语交谈,但班听到自己的名字,"你们在说什么?"

"只说我们把你从那个地方救出来。"

阿尔佛雷多好似怕别人偷听,继续用葡萄牙语说下去,那是他们的家乡口音,外人难以听懂,虽然听力范围之内一个人也没有。"不过,德蕾莎,还有别的事。我当初来矿场是因为惹了麻烦,那是七年前的事了,可是他们会保留纪录,从那时起警方就掌握了我的名字。"

他告诉她一个故事,她时常听到这类故事,甚至可以接着说下去。

脱离贫民窟棚屋区对阿尔佛雷多来说跟她一样困难。他曾经加入街上的少年帮派,犯过偷窃罪,警察认得他。有一天晚上,他持刀跟帮派老大打了一架。这个男孩没被杀死,但是伤得很重,他怪罪阿尔佛雷多,虽然先挑起事端的人是他自己。

阿尔佛雷多决定离开里约。三年后,他带着在矿场上存下来的钱和学到的一身本事回来。他过去加入的街道帮派已经不见了,被他打伤的男孩也早就死于另一场打斗。阿尔佛雷多现在成年了,有责任感和竞争力,轻而易举就找到了工作,最后进了研究中心。

现在该换德蕾莎说自己的故事了,对她来说,这十分难以启齿。她结结巴巴压低嗓门,几乎听不见声音——她必须告诉她所爱的这个男人,她以前做过妓女。阿尔佛雷多感到不好意思,忐忑不安地坐着,甚至好像就快要站起来走开去。"德蕾莎,以后再告诉我好了。等你想说的时候再告诉我。"

"可是我必须告诉你,我一定要告诉你。"

"听着,德蕾莎,你忘了,我也跟你一样来自贫民窟。我都晓得……我还有一个妹妹在那儿,她还没出来,以后我会帮她。"他微笑着倾身向前牵着她的手,她晓得这对他来说并不容易,"德蕾莎,我们一起帮助她。"

"你们在谈我吗?"班又问了一次。

"不,是谈我们。"德蕾莎用英语说。

此时,阿尔佛雷多的朋友荷西开着他的车子到了,他们开九十公里路去胡胡伊。两个老朋友坐在前座叙旧,德蕾莎跟班坐后座。她晓得他会晕车:那是一辆破旧不堪的老爷车。

连绵不断的山脉在他们的右手边向上升高,车子走在山的阴影下。

"我们明天就去吗?"班问。

"不,我们必须先采购一些东西好带上路。"

"那我们什么时候去呢?"

"大概后天。"

她努力想勉强自己说:"听着,班,你不明白,我们没有解释清楚……"可是还是说不出口。我们该怎么办?她暗暗问自己,我们该如何告诉他?

荷西以前跟阿尔佛雷多在乌玛娃卡共事过。当阿尔佛雷多和安东尼欧离开以后,他去修了采矿工程课程,脱离了普通矿工的行列。他在胡胡伊有栋房子,他老婆也在那儿做事,周末他多半回家来找她。她目前不在家,出去拜访亲戚了。

那是一座干净整齐的小屋,有三间房间:一间厨房,一间浴室,还有电视和收音机。它很像阿尔佛雷多在研究中心附近跟人合租的房子:全世界这类人的房子都一样。

他们开着电视吃晚饭,但是没人看。班还在做梦,男人们在聊天,德蕾莎坐在一旁看着听着。她很欣慰阿尔佛雷多有这个好朋友,事实上他有两个好朋友,这让她感到自己也有后援。她了解一个有男性朋友的男人对一个妻子而言所代表的价值。父亲过去也有好朋友,那是似乎好久以前的岁月了,还住在村子里时的事;可是到南方来以后,他就没有朋友了,只剩下妻子。在贫民窟里,没有男人可以和他一起坐下来谈天说地。他喝酒,一个人独饮,所以喝醉了。

德蕾莎晓得,自从认识阿尔佛雷多以来,她生命中的重担和忧虑就减轻了一半。认识他以后,她这么快就难以想象,过去只能依靠自己的日子是怎么挨过来的。

该回房就寝了,阿尔佛雷多无疑会跟荷西同房,原因很多,其中一个是因为他们还要交换消息。现在,假设只有她单独跟阿尔佛雷多在这座屋子里……可是他向她挥挥手,露出一个微笑,当做晚安,就跟荷西回房去了。她必须陪班,因为他信任她。她在想,在亚力的住处班有自己的房间,可是现在两张床近在咫尺。她去浴室换睡衣,回来时发现班衣着整齐地躺在他的床上。她晓得这是因为在他的想象中他已经展开上山的旅程了。他对着天花板微笑,问:"我们一大早就要出发吗?"

"不是明天,班,我告诉过你的。"

她在门边关上电灯,上了自己的床,心中想着,自从认识班以来,大部分时间他都在生病、害怕、怯懦,她从来没瞧过他真正的风采,像现在这么快乐而有自信。即使在半漆黑状态的屋内她依然可以瞧见他的面孔,他正在微笑。这是她应该说实话的时刻:"班,听着,有个误会……"可是时间一分一秒地过去,她却沉默无语。

我要跟阿尔佛雷多和荷西商量,我们会想出一个法子来跟他解释;可是她思索着,这是什么屁话。班热切期待要会见自己的同胞,他绝不会放弃这个梦想的。如果他们说:"班,你最好还是别见他们的好,他们是贫穷可怜的人。"他还是会想见他们。如果他们假装在山里找到这些人以前住过的地方,然后说,"他们好像搬走了。"班会继续找下去,因为他有强烈的动机。德蕾莎试着去想象那是一种什么样的滋味,全世界只有你一个人是独一无二的,晓得自己是孤立无援的,只能依靠随缘的仁慈过日子,被利用过后就被抛弃——可是她无法想象,空虚和寂寞的恐慌感捕捉了她,让她感到冰冷和眩晕。可是我们必须告诉他,我们一定要,她一再告诉自己,就这样昏昏沉沉地睡着,醒来时看见班站在她旁边。外面是一轮明亮的澄黄月光,照亮卧室。班的外套和长裤都脱掉了,她看见他手中握着的东西,连忙坐起来严词喝止说:"不,班,不行,住手。"他正弯身在她上面,她不知道他究竟只是想看看她,或者……他站直,一手放开一根正在缩小的阳具。

"你应该回床上去,班。"她说。

他照着做了,默默地、听话地、清醒地躺着。她也一样。他赌气地说:"丽姐喜欢我,她喜欢我,你不喜欢我。"

"我喜欢你,班。你知道我喜欢你的。"

她听到他的呼吸:好像一个快要哭出来的孩子。她想这个……男人,不论他是什么,在他心情好的时候强壮而充满精力,毕竟还是有他的本能;他向来是怎么解决性生活和女人的问题的呢？丽妲是几个月前的事了。她晓得他躺在那儿哽咽的时候一定在想，等他见到他的族人，他就会有个女人了。不久他的呼吸就改变了，他睡着了，但是她没有。天刚破晓她就起床更衣，到厨房去泡咖啡，香味唤醒了男人们。

这间屋子和班的房间之间的门是关上的，即便如此她还是压低嗓门，告诉他们：他们必须设法跟班解释，他们必须如此，继续这样隐瞒下去太残忍了。

"他早晚会发现的，"阿尔佛雷多说，"他自己会明白的。"

"我怕。"德蕾莎说，但不是指她自己，或他们。可是先是阿尔佛雷多，接着是荷西，都信誓旦旦向她保证，有他们陪在她身边，假如班生气的话，他们会保护她和他们自己。阿尔佛雷多看得出来她还不放心，所以告诉荷西，德蕾莎喜欢班。"我也是，他并不只是一头——野兽。"

"他跟我们一样有感情。"德蕾莎说。

就在这时，班进来了，面带笑容，像个孩子似的期待着新的一天，他开口问："我们今天可不可以出发？"她告诉他今天要去采购。

他们一起搭荷西的车子去采购山区需要的御寒用品，

装水的塑胶罐子,一人一条毛毯,还有食物。那些事就花去了一整个上午。

然后,德蕾莎又喊头痛:身处高山让她不舒服。

荷西煮了古柯茶来治疗高山症,强迫所有人喝下。她睡了一下午,男人们出门去访友,班独自在客厅坐立不安。

晚餐时阿尔佛雷多和荷西告诉德蕾莎,他们替她盘算好了。她可以留在这里,跟荷西的妻子作伴,她在胡胡伊做事,周末休息等荷西从乌玛娃卡回来。那天早上他们去探望一位在当地电视台工作的朋友——只是一家小电视台,不像里约的那么有规模;不过假如她有耐心的话,早晚一定会有工作的。同时,当地还有考古博物馆,她也可以去试试。胡胡伊吸引烟草商、矿业人士和各行专家,他们需要像德蕾莎这样的人来照顾他们。她意下如何?她会留在胡胡伊吗?阿尔佛雷多问,她立刻回答会。当事不关己时,班像个孩子似的听着这段谈话。可是德蕾莎心里却想,而且是头一次想到:我们该如何处理班呢?如果我们把他送回去给亚力,那个教授高拉克一定会逮到他,但我又不能要求荷西的妻子也收留班。他们很少想到班的未来,只晓得必须赶快把他带离里约,离开危险。看起来好像她从现在起要为班负责了,那表示阿尔佛雷多也算在内,可是他为什么要答应呢?或许他们应该把他送回伦敦去,回到他常常说起的丽姐身边去。

"我们明天什么时候出发?"班问。

"等我们把所有东西搬上车以后。"荷西说。

"我们要把那些东西带去给那些人吗?"

"不是,我们自己需要它们,"荷西说,"上面很冷。"

"他们为什么住在一个很冷的地方?"

"到时候你就知道了。"阿尔佛雷多愣了一下后说,这三双眼睛交会了一下,立刻又分开,以免班看出他们的焦虑。可是他已经看到了:哦,是的,班了解的比人们晓得的多多了。

"你为什么要这样说?"他想知道,"他们有什么问题吗?"

"没有。"德蕾莎说。荷西插嘴说,现在还不到八点,他们四个何不去某家饭店亲身体验一下胡胡伊的夜生活?

班说他不想去;德蕾莎对他说,他以前不是喜欢坐在里约的人行道上观赏人间百态吗?

这是家廉价饭店,远不及里约著名海滩上的富丽堂皇的建筑,外围的彩色灯光将它与这地区其他地方隔离开来。明亮的大厅拥挤又嘈杂,他们四个进去时几乎没有引起任何注意。对班来说,这个地方充满了像他一样强壮结实的男人。人们来这儿的目的不是为了桌上的食物,而是为了占满一面墙的吧台。沿着吧台站着一排多半是从烟草农场来的男人,色眯眯地注视着想钓他们的大胆亮眼的年轻女人。他们四个找了一张桌子,挤进座位上;班看起来并不开心:吵闹声影响了他的心情。这也让德蕾莎感到不舒服,她目前的状态是头痛又濒临呕吐边缘。她看着这些女孩子,心想她从来不曾如此嚣张,咄咄逼人,这一点她是很肯定的;她告诉自己,她们大概也跟她一样,有家人需要抚养——她真恨不得自己没来过这儿。然后,她看见了一个年轻女人,上次遇见时她穿着新衣服坐在第一家饭店外面的咖啡座上,她很怕自己会被认出来;万一对方过来打招呼,荷西就会知道她的底细,那对阿尔佛雷多的面子来说可不好看。她缩回阿尔佛雷多背后,他注意到了,抬头看究竟是为了什么。他很快就明白了,立刻告诉她,他们不需要在这里待太久。这时有个女孩在酒吧跟荷西搭讪,他显然跟她很熟:他们在打情骂俏。

"荷西结婚多久了?"德蕾莎问,阿尔佛雷多大笑;德蕾莎又说:"如果要我在里约等你,我会吃醋的。"

她以为班不会懂的,可是他问:"为什么,德蕾莎?你为什么会吃阿尔佛雷多的醋?"

"我们在开玩笑,"德蕾莎说,眼睛瞅着荷西跟那个女人。然后,她又小声对阿尔佛雷多说:"不,我是认真的。"

"可是你会让我避开麻烦的。"阿尔佛雷多回答。

这时荷西端着啤酒回来给自己和阿尔佛雷多,果汁给班,古柯茶给德蕾莎。"明天会很辛苦,"他对她说,"我们会爬得更高,如果不喝这种茶你会更难过的。"

"我的族人喝这种茶吗?"班问。

"从你的情况看来,他们不需要,"荷西说,"你那一副肺是从哪儿来的?"然后他用一种诡异的表情大笑,"我说的好像他们真的存在似的。"这句话他是用葡萄牙语说的,跟德蕾莎和阿尔佛雷多分享这个残忍的笑话。班虽然不懂葡萄牙语,可是捕捉到了什么弦外之音。"你们在笑什么?"他问荷西。他立刻就起了疑心。

"我们在说不好玩的笑话,"荷西先用英语回答,然后又用葡萄牙语说,"这个班真机灵。"

"你为何这么说?你为何说我的名字'班'?你在说我什么?"

"没什么。"德蕾莎说,心想荷西一点也不体贴别人的感情,不像阿尔佛雷多。然后她又想,班不应该在这种残酷无情的方式下发现实情。

"究竟是什么?"班追问,直视他们的脸,一个接着一个。

现在是她说下面这番话的机会了,"班,你误会了……"可是她无法逼自己开口,她保持缄默。阿尔佛雷多看起来也不自在,似乎满怀歉意——对她,她注意到了,好似这个尴尬场面伤害的人是她,而不是班。荷西又回酒吧去对那个女人——一个点头之交,或更熟——说些什么,德蕾莎暗暗告诉自己,荷西不是阿尔佛雷多。

阿尔佛雷多告诉荷西他们该走了,他知道德蕾莎不喜欢这个地方,荷西是不会注意到的。同时,可怜的班正愁眉苦脸地坐在那儿,以怀疑的眼光东看西瞧的,仿佛人人都变成了他的敌人。德蕾莎走过里约来的女孩身旁,感觉她的过去好似伸出了一根触角,正在将她拉进去。在这一对走向汽车时,班跟在后面,多疑地观察他们,阿尔佛雷多一手揽着她说:"可是你会留在我身边吧,德蕾莎?你同意吗?

下山后我们就结婚。"他先用葡萄牙语说这些,再用英语对班说:"德蕾莎跟我要结婚了。"

班没有回答。德蕾莎在发愁,班怎么办呢?阿尔佛雷多如果知道我必须照顾班的话,就不会要我了。

等他们回到荷西家时,班说他想上床了,德蕾莎怕他可能感觉到了什么,也立刻和他一起躺在漆黑之中。班没睡着,她看得见他眼中的闪光,但他没有说话。

她倾听着男人们在隔壁说话,在心里瞧见他们。他们迥然不同。荷西是个紧张型的瘦巴巴男人,有张精明瘦削的脸,还有机警的目光,他的皮肤在阳光的曝晒下还是苍白的,不像她和阿尔佛雷多是均匀的古铜色。她心想,我们的孩子会长得很好看,他们会长得像阿尔佛雷多和我,我们是好看的民族。荷西很丑,因为他的生命中有一段时间没有吃饱,从他的某个发育不全的外表看来,她晓得事情是这样的。至少阿尔佛雷多和我吃饱了,在干旱开始前,我们吃得很好。我们的子女会很健康的。她想象着阿尔佛雷多看见他们的第一个孩子时脸上的表情。当这些自信且自重的想法继续下去时,她的心同时也为班感到焦虑。

翌晨,班很安静,没有再多问。他们把行李搬上车,班站在屋外凝视远方的山峦。在漫长忧郁的凝视中间,他曾经转身注视他们,他的目光困惑,带着提防的戒心。他开始一场跺脚愤怒的舞蹈,发出短促的怒吼,一直持续到汽车装载好行李,房子也锁好,他才又停下来凝望那些山峰——那些残酷、高耸、漆黑的山峰。在他脸上看到的表情使她忍不住走向他,小心翼翼地扶着他的手臂,惟恐惹他生气。可是他对她深表同情的手毫无回应:他没动,只是凝视着,他的眼睛因为痛苦和失落而加深。

德蕾莎心想,那么他是知道了,他一定知道了,不知怎的他全都明白了。

上车时德蕾莎怕晕车所以坐在前座,虽然明知班可能也会晕车。阿尔佛雷多陪着班,德蕾莎从他的坐姿看出,如果班的怒火再度爆发的话,他已经随时准备制服班。

他们所走的道路起初很宽敞,沿途还有小镇及民宿,然后路面就越来越狭窄,也开始向上爬升。空气稀薄,阳光闪烁,除了晕车以及一阵阵抽搐的高山症头痛之外,德蕾莎已无力再顾及其他。山路蜿蜒上山腰,然后又盘旋而下,因为这些只是山脉下的丘陵地带;山脚下还有树木,等车子越往山上走树木也越来越稀少,路面上的树荫逐渐消失了。他们已经在树线之上了。气温越来越低,他们不得不停下车来添加衣物,在毛衣外面套上夹克。班站在车旁向上凝视,环顾四周,打量丘陵和山峰以及由岩石形成的山谷,那儿既没有人烟也没有房舍。那天傍晚他们抵达了路上最后一家旅店,过了这儿车道就变成一条崎岖不平的石子路。这家旅店是专供探矿者、登山者和测量员投宿的,他们是这儿唯一的旅人。德蕾莎只晓得车子终于停下来,其他事她也管不了,她继续闭着眼睛坐着。班沉默不语,独自站在一个又一个窗口旁抬头看山。阿尔佛雷多去点合适的餐点:清淡的,因为高山症的缘故。店家再次送来了一盘古柯茶,他们都满心感激地喝了。他们目前已经身在一万六千英尺以上的高山上了,不觉吃力的只有班一人。

"是你那一副肺,"荷西说,"住这个地区,人人都有像你那样的胸部,因为空气稀薄,你需要一副大肺。"

"谁,人人?他们在哪里?"班问,"根本没有人呀。"

那是一个寒冷的夜晚,山岚飘过窗口,一片雾茫茫。他们早早上床,荷西跟阿尔佛雷多,德蕾莎跟班。德蕾莎因为头痛而睡不着,班也醒着。室内一片漆黑,空气沉闷,可是外面的白雾在门口吊灯的照射下,将一道淡淡的白光送入房中。德蕾莎在想,如果她现在告诉班,说他的同类、他的族人并不存在,也不会比他心中的想法更糟。

他们一大清早就起身,阳光在令人振奋、跃跃欲试的稀薄空气中照亮岩石的正面和山峰,天空没有一丝云雾。吃早餐时,来了两个男人。他们计划攻顶,打算在天黑前赶回来。"天黑时,在这个地方迷路可不好玩。"他们说。

现在,重新整理装备和行李。他们保留了一个房间,把所有不需要的东西存放在里面,因为从现在开始他们必须徒步前进。锁上汽车,留在旅店老板留意得到的地方。每个人都背了一个背包,装满御寒衣物、水和食物;荷西还带了一个小炉子和一把平底锅。

他们并没有爬得更高,只留在差不多相同的高度上。荷西瞄了班一眼,谨慎地说,至少今天不会抵达终点。班默默地接受今天不会抵达旅程终点的消息:在他凝视周围绵延无尽的山脉时,实在不容易读出他的表情。德蕾莎以为自己在他脸上看到的表情使她泪眼盈眶,不得不别过头去。出发前,他们四人目送新来的两人徒步向上爬,登上将旅店挡在阴影中的陡峻峭壁。

那一夜他们打算在登山者使用的一间茅舍过夜,明天早晨再去寻找阿尔佛雷多记得的那一块岩石表面。现在他们全都穿上最厚的毛衣和有衬里的夹克,而且戴上墨镜。起初他们走在小路上,路面够宽可以让驴子或骡通过,接下来就变成小径,有时走在阴影中,有时走在艳阳下。每次走到山径分歧的岔路时,阿尔佛雷多都停下来确定路线:他和荷西起过争执。荷西说他们应该选大多数人走的山路,"因为这是登山者走的路线。"他指的是考古学家、古生物学者,他们发现的东西都收藏在山下胡胡伊的博物馆里。他问阿尔佛雷多,为何他独特的岩面(他称之为"你的图画美术馆")没有被人发现。

"到时候你自己看了就明白。"阿尔佛雷多说。

他们在班的面前用英语说这些,可是他并没有多问问题,只是默默跟随着荷西,荷西又跟随着阿尔佛雷多。德蕾莎殿后,也好看着班。她确信班知道实情,可是从那时起那张长满胡子的脸上又现出强烈的渴望,那种不可思议的表情,她觉得她见到的宛如是张孩子的脸庞,他正期待着明天所承诺的惊奇;然后那个表情又消失了,她又只看见哀伤。

虽然他们并没有爬得更高,对他们而言这依然是艰难的一天。有时他们沿着高耸的峭壁阴影中的小路前进,有时他们沿着悬崖的边缘行走。他们的胸口疼痛——但班似乎不会——头也抽痛,虽然荷西用保温瓶带古柯茶来,让大家在旅途中服用,但也无济于事。他们在下午三四点左右抵达茅舍,其实那只是一间用圆木搭起来的简陋住处,这些材料大概是靠牲畜运送上山的,因为山上并没有树木。阿尔佛雷多说,他记得这间茅舍,当年屋子的状况比现在好:他们安顿下来的地方的圆木间有缝隙,屋顶也有些石板脱落。好久没人来使用这个地方了,只有一些小动物来过,留下粪便。他们把这个地方打扫干净,行李沿着墙壁堆好。荷西捡了一些小枝和青苔来起火,可是由于燃料不多所以决定留待天黑以后再烧。因为周围的高峰阻挡的缘故,夜幕很早就降临,所幸还剩下一点时间让阿尔佛雷多确认明天的路线:他在岩石之间攀爬,在岩面前或悬崖边停留。当寒气降临、夕阳西沉时他们已经进入茅舍内,每个人的毯子围着火堆排列着。他们的头部都因为高山症而嗡嗡作响,没人有胃口吃太多东西。他们三个人都警觉地、紧张地等待着班的那一句:"我的族人在哪里?我们要上哪儿去找他们?"

阿尔佛雷多带了一个小收音机来,可是效果不好。一个悠悠细细的音乐声从几千英尺下面的山下传来；男男女女的人声、飘忽传来的断断续续的新闻片段、歌曲的词句、说话的字句，他们还是把它关了。

火光很微弱，只有映在圆木墙上明灭不定的火花。透过圆木的缝隙可以瞧见一道道冷冽的寒光。他们走出去，全部被眼前的满天星斗震撼住了。山里没有空气污染，星光灿烂，闪烁着晶莹的光辉，蓝色、红色、黄色，洒在他们身上，银河像一条大道似的横越夜空。亲眼目睹繁星如此洁净明亮，好似重温一个回忆。他们静默无声，心生敬畏，然后他们听见班的口中吟唱出沙哑不成曲调的歌声，看见他开始舞动起来——他在对着星星跳舞歌唱。

"它们在说话！"他呼喊，"它们在对我们唱歌。"

他们三个试着敞开心扉倾听班所听到的，依稀也听见一声高亢透明的呢喃，一声细细的叮当，可是班在狂欢，"星星们在唱歌，它们都在唱歌！"

他继续手舞足蹈，弯腰鞠躬，然后又向星星高举双臂，跺脚踢腿，旋转再旋转，一直跳下去；旁观者却裹着毛毯浑身颤抖。

他继续跳下去，一跳再跳，直到他们以为他会因为力竭而昏倒在那儿——在尖耸向星空的岩石与峭壁之间的茅舍外面。

他们似乎挨过了好几个钟头,浑身打颤,麻痹得失去了知觉。德蕾莎率先退回屋内取暖,接着是男人们。透过墙上的裂缝他们依然看见班在星光下舞动,听见他对繁星闪烁的天空唱着赞美诗。

后来他终于沉寂下来,他们又出去看他。他站在那儿,双手伸直,头向后仰,默默地仰望天上。头上璀璨的星空已经改变图形,星星的光辉也已经离开班所站的空地。他依旧处在出神的恍惚状态下,在狂喜之中;然后他终于放下手臂,静静站着并且开始发抖。德蕾莎将他带回屋内,拿毛毯围着他。他坐在她为他安排好的位置上,凝视残火,然后又开始低沉沙哑的吟唱。他离他们很远,离他们的意识很遥远。他们低声交谈,避免将他从目前的状态中唤醒。他们没睡,彻夜守候他。

清晨他们打开门时,茅舍依然在阴影中,山峰间的天空染着金色与粉红色。

他们喝热茶来温暖身体,又在茅舍外四处走动,活动僵硬的筋骨。但是班没有,他已经迷失在他的梦中,他们并不知道那是什么梦。他们把所有东西留在茅舍里,排成一列走上狭隘的山路,一边是高耸的黑色悬崖,另一边是通向下面崎岖山谷的黑岩斜坡。有只兀鹰在他们的头顶盘旋,俯瞰他们沿着无处可攀扶的山径前进。走了几小时后,阿尔佛雷多说:"在这儿,我想起来了。"他突然拐向右边穿越峭壁的裂缝,他们必须匍匐攀爬,靠着细小的岩架和突起物来支撑,然后他们进入了一个宽敞平坦的空间,四周危岩耸立,在他们面前出现一面巨大的岩石。现在大约是上午十点左右,阳光照在他们进来的另一面岩石屏障上,头顶是一片明亮的蓝天。阿尔佛雷多沿着这面岩石的底部走来走去,站近点……退后……又前进,摇摇头……换到这一边,然后又去另一边,说:"不,不是这儿。是的,是这儿。"走开,又回来,突然间有一道光微弱地穿过山峰,然后立刻就增强了,抵达这岩面的边缘。

立刻就有个人形从岩石漆黑闪亮的深处浮现,沉浸在光辉中的还有其他人形,需要阳光来一一照亮他们。这道光线变成了一片光华,他们就全部现身了——一座图画的艺廊——班的族人。班前进了一步,然后又一步,站在岩石前面,其他三人则留在后面,让他独享这一刻。现在阳光强烈,照满了整片岩面,上面挤满了图画,至少有四十幅,有好几个人像班，唯一不同的只是他们的穿着。那些是一片片毛皮吗？人皮？他们是真的衣服，柔软的东西皱皱地垂下，腰上系着皮带，肩膀上则用金属扣子勾着。这些服装是彩色的，不是只有灰色和褐色，还有红蓝绿。这些人的头发垂到肩膀，比班现在的还长，而且他们的胸部都很大。他们有胡子，但不是所有人都有，没有胡子那些必定是女性；她们比较娇小，体型比较纤细，也稳健地用双脚站立着。他们没有携带武器，有几位似乎拿着像乐器的东西。班看得瞠目结舌，他现在究竟在想什么，其他人并不晓得，可是他们的心怦然而动，当然不只是因为高山症的缘故，而是担心班可能产生的感受。班向前站，抚摸一位似乎正在向他微笑的女性的轮廓。然后他弯身向前用鼻子爱抚她，用他的胡子摩擦她，发出问候的简短呼喊。

接着这片沉默变得极为可怕，十分可怕。他们的呼吸刺耳而吃力，凸显了这一点。

班依然背对着其他人。他站在那儿抚摸着那个女人，那个从黑岩深处向他嫣然一笑的女人。现在阳光逐渐减弱了，不知不觉地在岩石表面推移，上面的人物也随着流光一个接着一个消失。不久，只剩下最边缘的几位，班站在那儿触摸和爱抚那个女性。最后，阳光也离开了她。他们听见了他的怒号，他全身扑向岩石，蹲在那儿。

时光流转，图画消失。透过班蹲伏的人影，他们必须努力看才可看见原本有着栩栩如生图画的岩石只剩模糊的轮廓。难怪人们走过岩石的面前却什么也没看见；除非他们够幸运，在阳光从某个角度洒下时，在正确的时刻捕捉了这一幕。

班站起来，依然背对着他们；他需要一点时间才能转身面对他们。这三位自称是他的朋友的人欺骗了他，背叛了他——他一定有这样毛骨悚然的感觉；他们很怕看到他们所担忧的景象。可是他没有转身，他似乎就这样挂在岩石的表面上，手握拳放在上面。然后，他努力转过身来：他们看得出来这对他来说有多难。他似乎变得比以前小了一号，可怜的东西。他的目光并未指责他们：他根本没有看他们。

德蕾莎大胆走向他，一手搂着他，可是他完全没有感觉，也不晓得她在那儿。在返回茅舍的漫长步行途中，他摇摇晃晃地走在她旁边。走到下面有悬崖的小径上时他也没有停下片刻来俯瞰，只是继续跟着德蕾莎走。回到茅舍后，他们在小火中添加了更多燃料，泡了茶，给了他一杯。他眼中没有他们。然后——事出突然,他们起初都无法动弹——他离开了他们,沿着来时路奔回去。一片静默。然后,德蕾莎明白了,正想出去追他,阿尔佛雷多却伸手拥抱着她,说:"德蕾莎,随他去吧。"

他们听见了一声哀号,小石头滑落声,然后又恢复寂静。

他们缓缓站起来,缓缓跟随着他。他们来到了下面有悬崖的小径。班就在那儿,在很远的山谷下面,只看到一堆彩色的衣服。他的黄头发好像山头的草丛。

这三人在悬崖边上下摇摆,向下俯瞰,他们伸出手臂彼此扶持,保持平衡。一阵强风从前方山径转弯的悬崖边上的蓝天吹来,风是如此强烈,把他们刮得退后背贴着岩壁站立,这条山径充其量只是一小块腾空突出的岩架而已。现在他们看不见班了,只见山谷对面向上耸立的悬崖和峭壁。

阿尔佛雷多说:"等我们回到有电话的旅店时,我们可以打电话给高拉克教授,告诉他发生了什么事。"

"我来打电话,"荷西说,"他不知道我是谁。我不会提起你和德蕾莎。"

"他会对你发脾气的,"阿尔佛雷多说,"你可以告诉他,即使是一头野兽也有自杀的权利。"

"他们要一两天才能赶到山谷附近。他们会需要骡子。"荷西说。

阿尔佛雷多说:"兀鹰不会剩太多东西给他的。"

那儿就有一只兀鹰。它从他们背面的山后出现,经过他们身旁向下俯冲,在山谷上方盘旋。他们看见阳光照亮了它的背。

"无所谓,"荷西说,"只要一小块手指的骨头,他们就可以分析一整个人。"

"他们会想知道他在山上做什么。"阿尔佛雷多说。

"你要带他们去看岩石上的图画吗?"荷西问。

"让他们自己去找吧!"阿尔佛雷多答。

另一只兀鹰从山巅扑向山谷。

德蕾莎没有加入这段讨论。

荷西说:"德蕾莎,你真傻才会哭。班做的是一件好事。"

阿尔佛雷多说:"德蕾莎知道的。"

"是的,"德蕾莎说。又补充道:"我知道我们都很高兴他死了,我们再也不用为他发愁了。"

*《第五个孩子》细说童年的班,请参阅。